Heimaten

HEIMATEN
Mehr als nur einmal zu Hause

Petra Frerichs

Bibliographische Informationen der Bibliothek:
Die Deutsche Bibliothek verzeichnet diese Publikation in der Deutschen
Nationalbibliographie;
detaillierte Informationen sind im Internet über http://dnb.ddb.de abrufbar.

© 2024 Petra Frerichs
Herstellung und Verlag: BoD – Books on Demand, Norderstedt
ISBN 978-3758-3298-69

Inhalt

Vorwort

Wir wohnen seit 45 Jahren in Köln und seit 35 Jahren in Nippes (vorher 10 Jahre in der Südstadt). So lange wie in keiner Stadt zuvor – weder in den Herkunftsorten (Wetzlar/Emden) noch in den Orten unseres Bildungs- und Berufsweges (Gießen, Bremen, Bielefeld). Da schlägt man Wurzeln, und man kennt sich ziemlich genau und gut aus in seinem Nahbereich: Du gehst immer wieder in dieselben Geschäfte für die alltäglichen Besorgungen; du gehst dieselben Strecken beim Spaziergang; du besuchst „deinen" Italiener; du gehst auf den Wochenmarkt und hast deine bevorzugten Stände; du gehst in deine Stammkneipe; du triffst Leute aus dem Viertel oder Nachbarn aus dem Haus, man grüßt sich, bisweilen hält man ein Schwätzchen; du gehst jeden Morgen zum Büdchen, um die Zeitung zu holen usw.usf. – natürlich kommt auch immer wieder Neues hinzu: ein Käseladen, eine faire und nachhaltige Boutique, eine kürzlich entdeckte Wegstrecke, doch das Gewohnte hat in der Regel Bestand. Mit Fug und Recht könnte man von *Heimat* sprechen, wäre da nicht dieser bittere Beigeschmack von Blut und Boden und völkischem Volk. Götz Eisenberg, der in zwei Büchern[1] seine Alltagsbeobachtungen und kritischen Reflexionen aus dem Nahbereich festgehalten hat, unternimmt hierin auch den Versuch, den Heimat-Begriff zu retten, um ihn nicht den Rechten zu überlassen.

---

[1] Götz Eisenberg: Zwischen Amok und Alzheimer. Zur Sozialpsychologie des entfesselten Kapitalismus, Ffm. 2015; ders.: Zwischen Arbeitswut und Überfremdungsangst. Zur Sozialpsychologie des entfesselten Kapitalismus, Bd. 2, Gießen 2016. Siehe die Doppelrezension von Joke Frerichs, in: Blog der Republik: Symptome der Gefährdung demokratischer Errungenschaften, 15.12.2016.

Für ihn bezeichnet Heimat einen „Ort fragloser Zugehörigkeit und Geborgenheit; einen sozialen Nahraum, der Identität ermöglicht angesichts zunehmender Anonymität, Mobilität, Leere und Hektik, wie sie die Einkaufsstraßen unserer Innenstädte mittlerweile ausstrahlen. Nahraum als Kategorie der Emanzipation heißt: Aufsprengen der ghettoartigen Wohnverhältnisse vor allem für Alte und Kinder, Wiederbelebung der Nachbarschaftsbeziehungen, die Vermenschlichung der Architektur ... und die Transformation der Städte, die unterm Diktat der Bodenspekulation ... vollkommen durchkommerzialisiert sind, in einen Raum, in dem das Leben in seiner ganzen sinnlichen Fülle sich entfalten und seine öffentliche, gesellschaftliche Dimension zurückgewinnen und ausdrücken kann."

Es geht um Orte, an denen Demokratie gelebt und erfahren werden kann, um Bindeglieder zwischen dem einzelnen und seinem Gemeinwesen. Verschwinden diese, werden Menschen sozial isoliert, und die Gefahr von Apathie und politischem Desinteresse wächst; beides sind Risikofaktoren einer sich ausbreitenden *marktkonformen Demokratie*. Beispielhaft führt der Autor sein Verständnis von Heimat an einem Wochenmarkt seiner Heimatstadt aus, der von der Schließung bedroht ist. Im Kontrast zur nüchternen, geschäftsmäßigen Gleichförmigkeit von Supermärkten schildert er die Vorzüge des Marktes: „Es ist, als beträte man eine andere Zeitzone, hier geht man hin, um Zeit zu verlieren, nicht um Zeit zu gewinnen oder einzusparen. Auf dem Markt sind die sinnliche Dichte der Welt und ihre saftige Fülle und Vielfalt noch erfahrbar. Er ist auch ein Ort der Balz und des Flirts. Man geht umher, schaut, wird angeschaut und durch Überkreuzungen entstehen Blickverhältnisse, deren Reiz darin liegt, dass die Beteiligten nie ganz sicher sein können, ob sie in der Realität oder nur in der Phantasie miteinander befasst sind. Und es wird viel gelacht auf dem Markt. Der Markt bringt einen spezifischen Humor hervor, der sich nur in dieser ökonomischen Nische und seiner spezifischen Zeitstruktur entfalten kann. Kurzum: Der Wochenmarkt ist eine Enklave der Ungleichzeitigkeit, ein bunter Fleck in einer verödeten und total kommerzialisierten städtischen Lebenswelt. Er ist Teil eines sozialen Immunsystems, eines Geflechts von sozialen Bindungen und Kontakten, das Menschen ebenso dringend benötigen wie das körperliche Immunsystem ... Ein demokratisches Gemeinwesen braucht Orte, an denen Demokratie und Öffentlichkeit sich materialisieren und entfalten können, Orte, die sich libidinös besetzen lassen. Dazu gehören Theater, Parks, Schwimmbäder, botanische Gärten, Bibliotheken und öffentliche Plätze. All das, möchte man hinzufügen, was im Zuge vermeintlicher öffentlicher Sparzwänge von Kürzungen in seiner Existenz bedroht ist."[2]

---

[2] Oskar Negt schreibt in seiner *autobiografischen Spurensuche* zum Thema Heimat: „Die *Verwurzelungsfähigkeit* wird in der Regel, wenn Objektbindungen einmal im Leben glücken, zum unverlierbaren Bestandteil des ‚inneren Gemeinwesens' eines Menschen." Oskar Negt: Überlebensglück. Eine autobiografischen Spurensuche, Göttingen 2016, S. 226

Hieran möchte ich anknüpfen und das, was Eisenberg als begriffliche Rahmung vorschlägt, mit meinen eigenen Erfahrungen und Beobachtungen aus unserem Leben im Viertel füllen.

Fangen wir an mit den Plätzen.

Köln

Was macht den Platz zum Platz?

Denkt man an die *wirklichen* Plätze im Süden Europas, die *platias* in Griechenland oder die *piazze* in Italien, so assoziiert man damit ein buntes Treiben von früh bis spät in die Nacht, viele Menschen jeden Alters, lautstarkes Reden, Rufen, Spielen der Kinder oder der Männer beim Boule oder Boccia, Sitzen und Verweilen auf den Bänken, gut frequentierte Cafés und andere Lokale, den Straßenverkehr nicht durch den Platz, sondern drum herum geleitet, schattenspendende Bäume u.a.m. – jedenfalls jede Menge öffentliches Leben im Freien.

Schaut man sich die Plätze von Köln an, so fällt eine gewisse Polarisierung auf: Es gibt Plätze ohne Platzcharakter, die lediglich Verkehrsknotenpunkte sind und auf denen die Fußgänger und Radfahrer um ihre Sicherheit bangen müssen (*Rudolfplatz, Barbarossaplatz* als arge Beispiele); und es gibt Plätze, die welche sind, obwohl sie nicht als solche ausgewiesen sind und keinen Namen haben. Dazu gehören in *Nippes* der von den Bürgern so benannte *Schillplatz* mit dem Bistro *Gernot's* und dem Weinlokal *Morio* als Außengastronomien; in den wärmeren Jahreszeiten herrscht hier ein buntes Treiben mit spielenden Kindern und voll besetzten Tischen der Gäste (inzwischen hat sich auch offiziell seine Benennung als Schillplatz durchgesetzt). Auch dazu gehört der Platz zwischen dem Goldenen Kappes und der Kneipe *Alt Neppes*, in der Mitte der Obst- und Gemüsestand vom *Kerschkamp* (den es nun leider nicht mehr gibt, s.u.). Sein besonderer Schmuck sind drei prächtige Bäume im Platzmittelpunkt, die in der Adventszeit mit bizarr anmutenden Lichternetzen überzogen sind; eine Augenweide, weit und breit so im Viertel nicht zu sehen – fast wie auf den *Champs Elysée* in Paris. Sitzt man hier auf der zentral stehenden Bank oder beim Kölsch im Außenbereich der Kneipen, kann man trotz des Verkehrslärms der Neusser Straße auch hier ein buntes Leben beobachten, das neben den Gästen der Außengastronomie auch die Passanten kreuz und quer umfasst. Zu beobachten und zu unterscheiden sind nicht nur junge und alte, schnell und langsam, eilig und gemächlich Vorübergehende, auch solche sehr verschiedenen Aussehens, was auf ihre diversen Herkünfte schließen lässt, solche, die Kinderwagen schieben, Schwangere und Nicht-Schwangere, solche, die sich begegnen, grüßen, umarmen oder sich nicht kennen und einfach vorbeiziehen – und doch verbindet dieser kleine Platz, zu dem auch eine Fußgängerampel gehört, die den Autoverkehr anhält, auf anonyme Weise alle, die ihn betreten oder passieren.

Auch die Leute, die zu den Gästen der Lokale zählen, unterscheiden sich sozial und kulturell: der *Goldene Kappes* wird eher vom Laufpublikum und einer eher (klein)bürgerlichen Klientel frequentiert, während im *Alt Neppes* eher kleine Leute, aber auch Freaks und Goldkettchen-Rentner ihr zweites Zuhause haben. Stammpublikum überwiegt. *Kerschkamps* bilde(te)n die Komplettierung in dieser Konstellation, mit deutlicher Hinwendung zu Alt Neppes, allein schon personell: *Andy*, der ehemalige Fischverkäufer von Kerschkamps, ist Stammgast hier wie schon seine Mutter *Claudia*, die später Hähnchen in der Bude nebenan verkaufte. Natürlich ist Woche für Woche hier der *FC Köln* zu sehen und mitzuerleben im großen Kreis der Fangemeinde; aber hoch oben über der Eingangstür hängt auch die *BVB*-Fahne, was auf eine stabile Dortmund-Anhängerschaft schließen lässt. Es geht sehr familiär zu zwischen den Lokalitäten; wenn samstags nachmittags Feierabend ist, laufen/liefen die Kölsch schon einige Zeit davor von der Kneipe zum Gemüsestand, wahrscheinlich auch mitten in der Woche. Man kennt sich, man mag sich, man sieht sich tagtäglich, man braucht sich schon für ein Schwätzchen, man foppt sich und witzelt miteinander. Solche Rituale gehören zum Alltag und versüßen ihn. Und die, die regelmäßig oder auch zufällig einmal dazu stoßen, werden nicht schäl angeguckt, sondern sind im Prinzip willkommen – es sei denn, sie missachten ungeschriebene Regeln des friedlichen Zusammenseins. Auch das macht diesen Platz zum Platz.

Nippeser Büdchen

Jeden Morgen gehe ich zum türkisch betriebenen Kiosk direkt an der Haltestelle *Florastraße*, um den Kölner Stadt-Anzeiger zu holen. Dieser hat für mich Frühaufsteherin den Vorteil, bereits um Viertelsieben zu öffnen, so dass ich zum Frühstück Zeitung lesen kann. Mit *Ahsen* (gesprochen: Achsenn), eine der drei Personen, die im Kiosk die Waren verkaufen, habe ich mich ein wenig angefreundet, seit kurzem duzen wir uns. Sie ist klein von der Statur, schlank und hat, neben auffallend großen, immer geschminkten Augen, schöne grau-melierte Haare im flotten, asymmetrischen Kurzhaarschnitt. Sie spricht auffallend gut Deutsch, so dass ich schon auf einen gewissen Bildungshintergrund geschlossen hatte (man lernt im Erwachsenenalter besser eine Fremdsprache, wenn man über etwas kulturelles Kapital verfügt, so meine Beobachtung im Alltag und mit Rückschlüssen auf *Bourdieus* Ansatz). Dieser Tage eröffnete sie mir, dass sie große Sehnsucht nach ihrer Heimat verspüre und plane, zurückzugehen. Sie kommt aus der westlichen Türkei, nahe Izmir. Ich erfahre von ihr, dass sie vor 15 Jahren „aus politischen Gründen" nach Deutschland/Köln emigriert ist und dass sie in der Türkei das Gymnasium besucht hatte. Auf meine Frage, wie sie die politische Lage heute einschätze, sagt sie, *Erdogan* sei ein *Faschist* und bereite faktisch eine Diktatur vor mit immer mehr Machtfülle seines Amtes, Vetternwirtschaft etc. Doch das könne sie heute nicht mehr abhalten von ihrem Plan, zurückzukehren; in der Gemeinde sei sie sicher. Sie brauche die Sonne, die Wärme, das Meer und die Menschen ihrer Heimat. Ich bin beeindruckt von ihrem Mut und ihrer Zielstrebigkeit und kann sie nur darin bestärken, das zu realisieren, um noch etwas aus ihrem Leben zu machen.

Daran kann man mal sehen, was sich so alles im Büdchen verdingt – für wenig Geld und vielen Stunden Arbeit.

Später: Meine Büdchenfrau Ahsen bietet mir eines Tages einen Kaffee aus ihrem kleinen Automaten an. Ich bitte sie, mir von ihrem Leben zu erzählen – warum sie aus der Türkei weggegangen und hier hergekommen ist, was sie vorher gemacht hat usw. Sie hat nach dem Abitur Musik mit Schwerpunkt Klavier studiert. In den frühen 1980er Jahren herrschte eine Militärjunta, und das politische Leben war lahmgelegt, sämtliche Parteien verboten. Sie hat sich gleichwohl politisch engagiert und kam dafür ins Gefängnis, wo sie anderthalb Jahre inhaftiert war, auch gefoltert wurde. Sie lernte – hier? – ihren späteren Mann kennen. Nach der Entlassung wurden sie ein Paar und sie schwanger. Sie lebten als Illegale mit gefälschten Papieren in der Türkei. Das Kind war wenige Monate alt, als sie zusammen die Flucht ergriffen: über Griechenland, die Balkan-Route bis in die DDR, und dann in den Westen Deutschlands. Ihr Mann wurde ein erfolgreicher, selbständiger Geschäftsmann und verdiente viel Geld. Sie lebten *auf großem Fuß* – große Wohnung, großes Auto *alles war groß bei uns*. Zehn Jahre nach dem ersten Kind wurde sie noch einmal schwanger. Im vierten Monat stellte sie fest, dass ihr Mann sie betrog und fremdging. Daraufhin trennte sie sich von ihm. Er wollte ihr die Wohnung und das Inventar überlassen, doch sie lehnte ab – nur eine Stelle wollte sie haben, damit sie sich und die Kinder reproduzieren konnte. Diese Stelle (ich weiß nicht, um welche Berufsposition es sich handelte, vorher hatte sie als Erzieherin in einer Kita gearbeitet), die er ihr besorgt hatte, war in *Düsseldorf,* und es wurde für sie als Alleinerziehende schwer, das zu organisieren. Sie war ständig unterwegs, bis es nicht mehr ging. Aus dem Verkaufserlös der großen Wohnung bestritt sie eine Weile den Lebensunterhalt für sich und die Kinder. Sie habe sich von dem großen Bekanntenkreis ihres Ex-Mannes nach der Scheidung verabschiedet und sich immer mehr zurückgezogen. Sie litt unter der Einsamkeit und der Last ihres Lebens. Sie habe sich immer wieder gefragt, ob das ihr Leben gewesen sein soll oder eher ihr Schicksal und was sie noch erreichen und ändern kann. Erreicht hat sie, die Kinder großgezogen zu haben: *ganz allein!* Das erfülle sie mit einem gewissen Stolz. Aber ihr eigenes Leben? Den Kiosk betreibt sie seit vier Jahren, aber *das ist kein Traumjob.* Sie erwägt eine Rückkehr in die Türkei, ist sich aber nicht sicher, ob sie diesen Schritt wagen soll. Ihre Söhne blieben hier, schaffen sie es alleine? Sie erwähnt noch eine Fernbeziehung zu einem alten Freund aus der Schulzeit, der in der Türkei lebt und mit dem sie seit fünf Jahren liiert ist; zweimal im Jahr besuchen sie sich gegenseitig: *ein lieber Kerl, aber …* Wahrscheinlich keine Liebesbeziehung, aber immerhin. Sie erhofft sich von ihrem diesjährigen Sommerurlaub eine weitere Klärung in der schwierigen Lebensfrage, was aus ihr wird und wo sie sein und bleiben möchte.

Tags drauf bringe ich ihr ein Exemplar meiner *Momentaufnahmen* mit; sie ist tief beeindruckt von der Geste, fast stolz, möchte eine persönliche Widmung (*Auch nur Dein Name*): *Für Ahsen mit einem herzlichen Gruß – Petra, Köln, Juni 2016* – nicht sehr einfallsreich, aber sie freut sich; blättert erstaunt und interessiert drin herum, wirkt fasziniert und bemerkt: *Ich habe Zeit, drin zu lesen.*

Der andere, der hier Dienst schiebt, ist ein schwarzhaariger Mann mit niedriger Stirn im mittleren Alter, der sich eines Morgens als Hindu-Afghane zu erkennen gab. Er hörte von einem Rekorder eine Musik, die mich sofort ansprach; es sei *Rembetiko*, die man in seiner Heimat häufig höre (ich kannte diese Stilrichtung auch aus Griechenland). Hindu zu sein, scheint ihm zur Abgrenzung vom Islam wichtig: *Ich bin kein Moslem!* Er spricht gern und viel mit Kunden wie mir, sein Deutsch ist verstehbar, sein Wortschatz beachtlich. Einmal sagte er zu mir, dass er spüre, wenn ich komme. Und bei meinem Weggang aus dem Kiosk zieht er fast immer ein strahlendes Lächeln auf. Er mag mich anscheinend.

Vorher ging ich jahrelang zum Kiosk *Nordstern* auf der Niehler Straße, der von einer türkischen Familie betrieben wurde. Die Mutter des Inhabers, eine stämmige Frau etwa in meinem Alter, machte hier oft die Frühschicht (ab 7 Uhr morgens), mittags übernahm ihre Schwiegertochter den Dienst, und der Sohn besorgte die Spätschicht (bis 24 Uhr). Im Hauptberuf war er bei Ford Köln beschäftigt. Und es gab auch noch drei kleine Kinder: ein 8Jähriger, der zur Schule ging und von *Longerich* nach Nippes gefahren werden musste, und zwei kleine, die in *meiner Zeit* geboren wurden. Mehr und mehr verlagerte sich die Arbeit der Oma auf deren Betreuung, so dass die Schwiegertochter ab frühem Morgen den Kiosk führen konnte oder musste. Ein schwieriges und fragiles Arrangement insgesamt, das bei nur einer Erkrankung der Beteiligten ins Wanken geriet.

Mit der Mutter kam ich mehr und mehr ins Gespräch. Sie sprach leidlich deutsch (obwohl schon 40 Jahre in Deutschland lebend – sie hatte, wie viele der ersten Generation der Arbeitsmigranten, nie die Chance, systematisch Deutsch zu lernen), und ich wollte ihr aus Höflichkeit ein klein wenig entgegenkommen, indem ich nach türkischen Ausdrücken, z.B. für *Guten Morgen* fragte. Das motivierte sie, und sie schrieb mir *Günaydin* auf einen Zettel. Hinzu kamen *Nasilsin?* für Wie geht's? und *Iyi ónisin* für danke, gut. *Tesekkür* (für Danke) und *Hosca kal* (für Auf Wiedersehen) durften nicht fehlen. Genauso brachte sie mir bei, dass nicht ich *Gülle gülle* sagen darf, wenn ich weggehe, sondern sie es ist – sozusagen als Hausherrin –, die diese Abschiedsformulierung gebraucht. Für mich war es jeden Morgen eine kleine Herausforderung, mit diesen Vokabeln umzugehen und sie einzuüben. Und sie hatte ihr Vergnügen daran, mir türkische Ausdrücke beizubringen, meine „Lehrerin" zu sein.

Der Kiosk wurde zur frühen Morgenstunde immer wieder von den gleichen Leuten frequentiert. Man kannte und grüßte sich, und wenn mal nicht ganz pünktlich geöffnet wurde, redete man irgendwas miteinander – meist aus Verlegenheit. Da gab es anfangs so einen rüstigen ehemaligen Meister bei Ford, im Berliner Dialekt redend und stets zum Scherzen aufgelegt; doch dann ereilte ihn eine schwere Wirbelsäulenerkrankung (*Morbus Bechterew* nannte er sie mit dem medizinischen Fachausdruck), und wir erlebten, wie er sich über die Monate nur noch mit Rollator zum Büdchen schleppte, immer krummer nach vorne gebeugt, bis er gar nicht mehr kam. Dann war da der Rentner mit Beinprothese, eine rheinische Frohnatur, der manchmal mit mir peinlichen Scherzen die Leute amüsieren wollte. Der dritte im Bunde war ein frühverrenteter einfacher Mann, der sich an vielem störte, was den Alltag in der Stadt bestimmt, wahrscheinlich lag er aufgrund seiner Standards von Ordnung und Sauberkeit mit Pro Köln auf einer Linie. Als erhebend habe ich die Begegnung mit einem türkischstämmigen Vollkonti-Schichtarbeiter bei Ford in Erinnerung; er kam von der Nachtschicht und war dermaßen gut aufgelegt, dass man geneigt war, den Hut zu ziehen. Er kaufte Brötchen für die Familie und sagte: „Ich habe drei Kinder. Denen muss ich was bieten." Damit waren nicht nur die Brötchen gemeint, sondern vor allem die enorme Anstrengung dafür, *wie* er seine Brötchen verdiente.

Von der Beugung des Euro

Im Nordpark war ich dieser Tage als Joggerin unterwegs und entdeckte in der angrenzenden Wagenburg auf einem der Planwagen folgende Aufschrift: Neben dem offiziellen Eurozeichen – das große, gerundete E mit doppeltem Mittelbalken: € – steht Euri, Eura. Das bringt mich auf die Idee, dass hier einer der Wagenbewohner die europäische Währung verballhornen will, indem er aus dem Euro die erste Person Singular des von ihm erfundenen italientischen (oder lateinischen) Verbs „eurare" gemacht hat. Zu Hause greife ich den Gedanken auf und vervollständige die Konjugation:

€: eurare: euro, euri, eura, euriamo, eurate, eurano

Der Graffito-Künstler, vermutlich ein relativ mittelloser, aus der Gesellschaft herausgefallener oder sich freiwillig aus ihr herausbegeben habender Freak, hat dabei vielleicht auch an das Unwesen, das sich auf dem Finanzmarkt abspielt, gedacht oder will auf den Fetisch des Geldes am Beispiel des Euro aufmerksam machen – mit Witz und Verstand.

Das Basil's

Basil's ist unsere Stammkneipe (geworden/gewesen).
Auch wenn wir zu den älteren, wenn nicht ältesten
Gästen gehören, fühlen wir uns zugehörig und
kommen mit den jüngeren sehr gut aus. Es sind junge
Leute der besonderen Art: ausgesprochen höflich,
rücksichtsvoll, zurückhaltend, interessiert und meist
fußballkompetent. Ein Publikum, das sich die beiden
Wirte *Björn* und *Jan* (später Jan alleine) heran-
gezogen haben – jedenfalls hatte die frühere Wirtin
ein anderes; es gab Grüppchen, man setzte sich mit
an den Tisch, egal, ob das gewünscht war oder nicht,
doch ein wirklichen Interesse aneinander war nicht
vorhanden; vielmehr war smalltalk über Alltäglich-
keiten angesagt. Die beiden neuen Wirte geben sich
selbst wie ihre Leute: lässig, zuvorkommend,
unglaublich gut organisiert und zupackend. Besonders Björn hat alle guten Eigenschaften eines jungen
Wirts, v.a. Übersicht und logistisches Vermögen,
Zurückhaltung gepaart mit reservierter Freund-
lichkeit. Und so haben sie sich auch ihre studentischen Bedienungen ausgewählt; als da sind: *Tom*, der
Franzose, der hier Tontechnik studiert, perfekt
deutsch spricht und von Eleganz und Herzlichkeit ist;
er hat zwei Gedichte von Joke ins Französische
übersetzt. *Lukas*, der schlaksige Handballer, kurz vor
dem Bachelor-Abschluss stehend. *Esra*, die türkische
Volljuristin mit Promotion, die an der Rücküber-
setzung ihrer Dissertation ins Türkische arbeitet.
Julian, der „Dienstälteste", derzeit abwesend, vielleicht an seinem Abschluss arbeitend oder an einen
Fächerwechsel denkend. *Valentin*, der Schauspieler
werden will, derzeit viele Vorsprech-Termine zu
bewältigen hat und uns erklärt, wie schwer es ist,

angenommen zu werden (von 400 Bewerbern schafft es eine/r) und die ewigen Absagen zu verkraften. *Marlene*, die ausgebildete Schauspielerin mit einem Engagement an einer freien Bühne – die Tatsache, dass sie hier in der Kneipe arbeitet, deutet darauf hin, wie wenig sie „professionell" verdient. *Berenice*, eine junge Französin, absolut akzentfrei deutsch sprechend und auf der Suche nach einem Examensthema, wofür sie sich u.a. bei Joke Rat eingeholt hat. *Timo*, der Internationale Entwicklungshilfe studiert. Schließlich *Adrian*, der Jüngste im Bunde, was er studiert, müssen wir noch rauskriegen. Allesamt interessante junge Leute, mit denen wir gerne reden und die man mag, allem Anschein nach auch umgekehrt; sie haben vor uns einen gewissen natürlichen Respekt und wissen unsere Erfahrungen auf vielen Gebieten zu schätzen.

Verbunden hatte uns zusätzlich auch die Tippgemeinschaft zur Fußball-EM 2016, die *Sabine* (Stammgast) zuverlässig organisiert hatte. Joke und ihr Sohn *Louis* führten die Liste mit ca. 50 Teilnehmern an: sie lagen Kopf an Kopf mit einem Punkt Differenz, mal der eine vorn, mal der andere. Louis zu Joke: *Warte, dich krieg ich noch!* Gewonnen hat der Ältere, der den Jüngeren jedoch für seine Fußball-Kompetenz würdigt.

Da gibt es auch noch den Schichtarbeiter *Peter* von Ford – ein glühender FC-Anhänger, dessen Herz genauso für den KEC schlägt; strammer Kölsch-Trinker, Stammgast, immer da, wenn es die Schicht erlaubt; immer gut informiert, liest den *Kicker*, den er abonniert hat und die gelesenen Exemplare in der Kneipe auslegt; sucht das Fachgespräch mit Joke und ist auch sonst ein begnadeter Geschichtenerzähler;

wir hören seine stets auf lustige Pointen bedachten Erzählungen aus seiner Familie (er lebt allein, hat aber noch Brüder und andere Anverwandte) oder vom Band bei Ford mit den vielen türkischen Kollegen (*der eine ist für Besiktas, der andere für Galatarasay, da ist es schon schwer mit den Gesprächen, aber wir kriegen das immer hin*) gerne zu, weil sie so lebendig sind und uns die *kölsche Sproach* im Originalton nahebringen; wie bei den Dialekten insgesamt ist es auch hier: Vieles ließe sich auf Hochdeutsch nicht *so* sagen.

Besonders Joke knüpft Kontakte mit allen möglichen, stets interessanten Leuten (worüber er auch ein Büchlein unter dem Titel *Gelebte Alltagskultur. Episoden aus dem Basil's* geschrieben hat). Das beginnt in der Regel beim Gespräch über Fußball am Tresen. So stellte sich in einem Fall heraus, dass er es mit einem Filmemacher/Szenenbildner zu tun hat, der in der gleichen Zeit wie wir damals in Marburg studiert und z.T. die gleichen Vorlesungen besucht hatte wie Joke. Oder ein junger Mann (*Lutz O.*) Mitte Dreißig. Er hat Physik und Sozialwissenschaften studiert und arbeitet jetzt in einer Führungsposition in einem Medienunternehmen. Er ist überaus interessiert. Zunächst reden wir über Fußball – er ist Dortmund-Fan – dann über Politik und alles Mögliche. Wir reden ca. zwei Stunden miteinander und anschließend bedankt auch er sich für das interessante Gespräch. Oder ein Fotokünstler, dessen Bilder zurzeit in der Kneipe aushängen; eines der Bilder haben wir gekauft. Es zeigt das (bearbeitete) Foto einer Mondlandschaft in Grau-Schwarz-Weiß. Auch er hat einen erstaunlichen Horizont und politischen Verstand. So ist uns die Kneipe Basil's fast ein Garant für gute Gespräche geworden.

Und es gibt auch immer mal wieder Livemusik, was die Kneipe zusätzlich attraktiv macht. Der Sänger Mattes mit Gitarre bot zwei Stunden lang ein mitreißendes Programm aus Rockmusik bis hin zu kölschen Liedern. Mit uns am Tisch *Tom* und Freundin *Sophie*. Sabine, die Frontfrau der Basil's-Truppe, tanzte wie besessen. Oder wie neulich: Drei studierte Musiker (Posaune, Bass und Gitarre) spielen modernen Jazz. Sehr gekonnt, mit viel Emphase und Ausstrahlung. Das ist dann nicht jedermanns Geschmack, aber es wird insgesamt viel Verschiedenes geboten. Besonders Björns Schallplattensammlung und seine ausgeprägte Musik-Kompetenz in den Richtungen, die er favorisiert, bereichern die Kneipe kulturell.

Der letzte Tante Emma-Laden in Nippes

Frau *Bunsen* hat den Eckladen über Jahrzehnte geführt. Wir nannten sie nur unsere *Fründin*. Kein Einkauf bei ihr ohne ein kleines Schwätzchen. Eine freundliche Frau Mitte Sechzig, mit krummem Rücken, blondiertem, längerem, gelocktem Haar, stets geschminkt wie eine Französin, eine Urkölnerin, seit zehn Jahren Witwe; ein Motiv, den Laden zu betreiben, war, dass sie sich in ihrer großen Ehrenfelder Wohnung *wie in einer Bahnhofshalle* fühle – vor Einsamkeit also und weil ihr die Decke auf den Kopf fiel. Sie war stets ihren Kunden zugewandt und menschenfreundlich, dabei etwas verschmitzt und zu Späßen aufgelegt. Sie fragte nach unserem Häuschen *in de Berje* und sogar nach dem Schreiben; Joke hatte ihr eines Tages sein Buch *Tiere sind auch nur Menschen* mitgebracht, auf das sie hin und wieder ansprach.

Der Laden war wegen seiner kommunikativen, familiären Atmosphäre beliebt. Oft trafen hier ältere Menschen zusammen, nicht so sehr wegen eines Einkaufs, sondern um zu reden. Fast immer war jemand da, wenn man zu ihr kam. Es gab für die Älteren einen Stuhl zum Sitzen, und es konnte passieren, dass man ganz vergaß, was man eigentlich einkaufen wollte: ihre stets frischen, weißen Eier, die sie aus einer sicheren Quelle bezog; ihren gekochten Schinken oder den *Holländer*. Und natürlich gab es täglich frische Brötchen. Auch Kaffee im Pappbecher bot sie an. Selbst unter den Schülern des nahegelegenen *da Vinci-Gymnasiums* hatte sie ihre Stammkunden. Scherzweise nannten diese ihre Schule *Frau-Bunsen-Gymnasium.*

Dieses Stück Veedel und damit Heimat geht jetzt verloren und damit ein Ort der Begegnung mit einer stets freundlichen Frau, die trotz ihrer zunehmenden körperlichen Gebrechen immer ein offenes Ohr für die Anliegen anderer hatte. Wir werden sie vermissen. (Sie starb 2022; ehemalige Stammkunden hatten die Todesanzeige aus der Zeitung an die Scheibe des lange Zeit leer stehenden Ladens geheftet sowie mit Blumentöpfen eine Art Grabschmuck am Eingangsbereich angebracht.)

Ein Lesender in der Bierkneipe

Wollten uns ein Fußballspiel in der Kneipe ansehen. Im *Basil's* fand eine Musikparty statt; also kein Fußball. Im *Kuen* tagte eine *Geschlossene Gesellschaft.* So landeten wir bei unserem Rundgang im *Alt Neppes,* wo es stets hoch hergeht. Wir ließen uns auf der langen Sitzbank nieder und bemerkten in all dem Treiben einen älteren Mann, der in einem Buch las. Wir sagten ihm, wie schön und ungewöhnlich es sei, jemanden lesen zu sehen in dieser Zeit der Handys und Smartphones, und das in einer Bierkneipe. Er habe freitags frei, da komme er mal zum Lesen, antwortete er. Fragen ihn, was er liest. Es ist das *Irische Tagebuch* von *Heinrich Böll.* Wir staunten nicht schlecht.

Bei Franco im Standa

Es zieht uns auf einem unserer Innenstadtbummel immer wieder zu *Franco,* unserem Italiener bei *Standa.* Es ist eine kleine Gastronomie-Ecke innerhalb des Supermarkts, der über eine große Theke mit italienischen Schinken, Käsen und anderen Spezialitäten verfügt. Hier, in diesem geschützten Raum mit einem Tresen, ein paar Tischen und Stühlen sowie Stehtischen, kann man wunderbar Caffè und Wein mit fachlichem Rat von Fanco trinken. Diesmal empfiehlt er uns einen *sizilianischen Weißwein,* der, wie er sagt, mineralisch geprägt ist. Ein phantastischer Wein, der allerdings auch 18,90 € kostet. Wir nehmen uns später eine Flasche für besondere Anlässe mit.
Wir lassen uns einen italienischen Vorspeisen-Teller zusammenstellen, der an den Tisch gebracht wird. Schräg gegenüber sitzt ein Mann mit einem Buch, in dem er aufmerksam liest und sich mit Heftklammern einige Stellen markiert. Wieder einmal jemand, der nicht aufs Handy glotzt. Als er geht, sprechen wir ihn an. Dass es selten geworden sei, einen lesenden Menschen zu sehen. Daraufhin erzählt er von seiner Lektüre. Den Roman habe er aus *England* mitgebracht und vor kurzem auf einer *Italienreise,* die ihn zu einer kleinen Insel südlich von *Venedig* geführt habe, angefangen zu lesen. Jetzt sei er fast durch. *Hier in dieser italienischen Oase lässt sich gut lesen.* Er habe uns hier auch schon des Öfteren gesehen. Als wir es ihm bestätigen, verabschieden wir uns mit den Worten: *Bis zum nächsten Mal.*

Franco sieht erholt aus; er war einige Tage an der Nordsee. Als wir ihm erzählen, dass auch wir die gute

Nordseeluft schätzen, strahlt er. Ein Italiener an der Nordsee – das ist eine Seltenheit. Sie hat ihm offensichtlich gut getan, nachdem er beim letzten Mal ziemlich gestresst wirkte. - Wir werden jedenfalls bei jedem Stadtbesuch nach hier zurückkehren und uns von ihm einen Wein empfehlen lassen. (Seit einigen Jahren leider nicht mehr existent: Standa, Franco – alles weg.)

Nippes kulinarisch

Statt in die Innenstadt zu fahren, haben wir uns nach der Schließung von Standa wieder auf unser Nippeser italienisches Lebensmittelgeschäft *Sapori* besonnen, wo wir früher schon einmal zu den Stammkunden gezählt hatten; und wir staunen über das Angebot an Spezialitäten, das dieser kleine, feine Laden zu bieten hat, wie etwa frische gefüllte Nudeln in diversen Geschmacksrichtungen. Und so sind wir wieder treue Kunden geworden, die mindestens einmal monatlich hier reichlich einkaufen: San Daniele und Parma-Schinken, große Scheiben köstlichen Kochschinkens nach italienischer Art (mit Rosmarin angereichert), Fenchelsalami und natürlich von allen 8 Nudelsorten stets je zwei Stück, dann noch frisches Ciabattabrot und manchmal einen besonderen Käse – daraus machen wir unseren sogenannten italienischen Tag, von mittags bis abends, wozu es immer den passenden Rotwein gibt.

Auch die große Frischtheke von Rewe versorgt uns bestens mit feinen Lebensmittels in den Bereichen Fleisch, Wurst, Käse; das (überwiegend weibliche) Personal ist nicht nur freundlich, sondern auch wirklich kompetent in der Beratung, wenn es etwa um bestimmte Sorten von Käse in dem riesigen Angebot geht; frage ich beispielsweise nach einem pikanten Bergkäse, so bekomme ich mindestens vier gute Hinweise und Empfehlungen. Und weil das keine Selbstverständlichkeit ist, bin ich immer wieder geneigt, dies den Frauen gegenüber auch kundzutun; und diesen wiederum tun solche *Anerkennungs-gespräche* einfach gut – mit manchen bin ich inzwischen fast vertraut.

Überhaupt verschafft die Alltagskommunikation – ob beim Einkaufen oder unterwegs beim Spazierengehen – einen Zugang und Kontakt zu unseren Mitmenschen. So erzählte mir beispielsweise die Verkäuferin in unserem Bäckerladen so manches von sich und ihren Kindern: sie macht den Job beim Bäcker nur nebenher, hauptberuflich bedient sie täglich in der Kantine des Ford-Werks Köln und hat hier auch die Organisation derselben Einrichtung in der Hand – eine ziemlich verantwortungsvolle Tätigkeit, der sie schon Jahrzehnte nachgeht. Und da sie Wert auf eine gute Ausbildung legt, hat sie als Alleinerziehende auch dafür gesorgt, dass ihre beiden Kinder Abitur machen und studieren; Sohn und Tochter haben gute Abschlüsse hingelegt und stehen inzwischen beruflich auf eigenen Beinen. Donnerwetter, vor dieser Lebensleistung habe ich den Hut gezogen! So etwas erfährt man, wenn man die Menschen anspricht – wie schon w.o. am Beispiel derjenigen, die in Kiosken arbeiten, erwähnt.

Was unsere Versorgung mit Lebensmitteln angeht, sind wir auch gut bedient mit dem Wochenmarkt auf dem Wilhelmplatz; dieser ist zwar inzwischen überwiegend in türkischer Hand, so dass deren Billig-Verkäufe von Obst und Gemüse diejenigen, die auf Qualität und Frische setzen, ins Hintertreffen geraten, doch einige haben sich in diesem Konkurrenzkampf halten und durchsetzen können. Durch die Mischung ist unser Markt auch überaus lebendig, es geht oft laut zu wie bei den früheren sogenannten Marktschreiern: *Ein Euro, ein Euro…* Oftmals ruft man sich gegenseitig lustige Bemerkungen von Stand zu Stand zu, auch zwischen deutschen und türkischen

Ständen, man scheint sich überwiegend doch zu verstehen und gegenseitig zu akzeptieren. Einen Fischstand besuchen wir regelmäßig, weil er mit seinem exzellenten Angebot besticht – und weil unser Fischmann und seine liebe Frau nette Kölsche sind, die gerne ein Schwätzchen halten, aber immer auch gute Hinweise für die Zubereitung von bestimmten Fischsorten geben können; bei Wind und Wetter stehen sie da und bieten uns neben den Standardsorten oft auch etwas ganz Besonderes an: Thunfisch, Schwertfisch, Lotte (Seeteufel), Zanderfilet usw. Kein Einkauf vergeht, ohne dass wir uns herzlich verabschieden – bis zum nächstenmal.

Gleich nebenan der hochwertige Stand mit Obst und Gemüse, betrieben vom *Sohn* und seiner Frau; diese Benennung hat der Inhaber von uns deswegen erhalten, weil er über Jahre hinweg diesen Stand früher zusammen mit seiner Mutter betrieben hatte, und erst nachdem diese gestorben war, kam seine Frau dazu. Hier bekommen wir erstklassige Ware geboten, die auch ihren Preis hat/wert ist und auf diesem Markt in der oberen Liga an Güte und Frische spielt – ob Steinpilze oder französische Wallnüsse im Herbst, Spargel aus deutschen Landen im Frühling oder handverlesenes Obst. Wenn wir ihm vermitteln, dass wir seine Qualität zu schätzen wissen, ist das sein Lohn – auch, wenn der Andrang hier nicht gerade groß zu nennen ist, viele Leute sind eben auch auf die Billigware der türkischen Stände angewiesen.

Und direkt um die Ecke ist dann unser Weinladen *Kleefisch*; benannt nach dem früheren Besitzer und heute betrieben von René Zweiacker und seinem Kompagnon Olivier, einem Franzosen, der uns gedanklich durch die Regionen des französischen Weinanbaus führt und uns immer wieder mit köstlichen Tropfen (Rosé- und Rotweinen) versorgt. Wir wissen zu schätzen, dass wir diesen Zugang mit bester Beratung und großem Angebot haben und sind inzwischen, nach Jahren der Treue, freundschaftlich verbunden mit den Betreibern. Viermal jährlich bestellen wir hier unsere Weinvorräte, die uns per Lastenfahrrad auch bis in den Keller geliefert werden.

In letzter Zeit ist eine Tendenz der Aufwertung des Viertels zu beobachten. Das zeigt sich an den neu eröffneten Boutiquen mit hochwertiger Kleidung, nicht selten betrieben von Mode-Designerinnen. Oder *Rebecca*, die Labels mit dem Gütesiegel der fairen und nachhaltigen Produktion – angefangen beim Material bis zur Fertigung – verkauft. Das zeigt sich des Weiteren an einer Vielzahl von kleinen Cafés, die alle auf Qualität gehen; auch die Veganer bekommen hier ihren Cappuccino mit Soja- oder Hafermilch. Und das zeigt sich zum dritten an der Ausdifferenzierung des Sortiments wie etwa bei dem Geflügelstand auf dem Markt am Wilhelmplatz. Noch vor einiger Zeit verkaufte er nur Geflügel aus der Massentierhaltung. Inzwischen gibt es zusätzlich Bio-Geflügel. Und das Angebot wurde um Wildfleisch erweitert: ob Hasenkeulen, Rehfilet oder Medaillons vom Hirsch im Speckmantel – dafür braucht man nun nicht mehr in die Innenstadt zu fahren (um dort, in dem vornehmen Geschäft auf der Apostelnstraße, das doppelte zu bezahlen wie hier).

Seit kurzem haben wir einen Käseladen auf der Neusser Straße, betrieben von einem Mann um die

Vierzig. Er führt ausschließlich Käse von deutschen Käsereien, um sie hier bekannter zu machen als sie es bisher sind. Jede Sorte kann er beschreiben und weiß um die *Philosophie* der Hersteller bescheid. Jede Empfehlung wird mit einem Probierstückchen untermalt. Wir staunen über die Geschmackstiefe und –vielfalt des Sortiments an Berg-, Weich-, Ziegen- oder Rohmilchkäsen und probieren bei jedem Einkauf immer wieder einen neuen. Er bietet auch Weine an sowie einen speziellen Apfelsaft, erfrischend und weniger süß als üblich. Unser Mann, der stets eine fesche Mütze trägt, scheint auch *kulturelles Kapital* zu haben, was wir an seiner Art der Artikulation merken. Auch, dass ihm Oskar Negt ein Begriff ist – ich hatte gerade dessen Autobiografie gekauft, die er sah – deutet auf ein früheres Studium hin. – Nach und nach erfahre ich etwas aus seiner Biografie: Aufgewachsen ist er in der Nähe von Kempen im Allgäu. Dann hat er zwei Jahre lang in Transsilvanien gelebt, einer Gegend im Zentrum von Rumänien, der Heimat von Fürst Dracula; für diese Erfahrung sei er sehr dankbar; dort hätten die Bauern, nachdem der verruchte und korrumpierte Sozialismus zusammengebrochen war und die Kolchosen aufgelöst wurden, wieder mit Pferden den Acker bestellt – ein hartes Leben, das er beobachten konnte.

Egal wie, er besticht durch sein originelles Käsean- gebot, das unsere Tafel bereichert. Dem französi- schen Brie und Camembert, auf den wir nicht verzichten wollen, bekommen wir perfekt gelagert im Supermarkt. (Vor einigen Jahren hat er leider den Laden aufgeben müssen.)

Mimmo & Santo

Das ist seit langem schon *unser* Italiener. Damals – zu Institutszeiten – hatten die Brüder *Mimmo & Santo* ihr Restaurant noch in der Nordstraße/Ecke Yorckstraße. Wir gingen in der Mittagspause dort schon mal hin, um eine Pizza oder ein Nudelgericht zu essen. Dann zogen sie um in das ehemalige Kinogebäude an der *Neusser Straße*. Es war eine Vergrößerung der Restaurantfläche um das Doppelte, und die Brüder schlugen im Viertel richtig ein. Eine Zeit lang waren wir auch ab und zu bei *Fortunato*, doch – während wir uns von *Nato* und seinem Team gut (und teuer) bewirtet fühlten – hatten wir auf der sozialen Seite unsere Probleme mit dem Publikum: es war uns zu bürgerlich; außerdem hat *Nato* nur abends auf. Einer der großen Vorteile von *Santo* (sein Bruder *Mimmo* ist schon lange tot, doch der Laden läuft immer noch auf die Namen der beiden Brüder) sind die nahezu ganztägigen Öffnungszeiten und damit die Möglichkeit, die Küche auch nachmittags zu frequentieren. Hier fühlen wir uns in jeder Hinsicht wohl: mit der Küche sind wir sehr einverstanden, eine Spezialität, die ich häufig nehme, ist Schwertfisch mit Gemüsebeilagen, gegrillt oder in Zitronensauce, die Pizzen sind ausgezeichnet, das Carpaccio (ob mit Rinderfilet oder Thunfisch) ebenso, und der Girò-Weißwein ist zwar teuer, aber gut. Das Restaurant ist in einem auch Gelateria und Café, sehr familienfreundlich, ein gut gemischtes Publikum, auch kleine Leute, alte Italiener und viele Kinder kommen hier immer wieder gerne hin; es hat eine Außengastronomie an der lauten Neusser Straße, aber hier pulsiert auch das Leben, so dass man den Lärm schon mal in Kauf nimmt; bereits zweimal wurde aufwendig renoviert; und ein tolles Team von insgesamt zehn Kräften, zur Hälfte in der Küche, zur anderen im Restaurantbereich tätig.

Im Zentrum dieses Kleinbetriebs steht *Santo*, den es vor Jahrzehten blutjung, bettelarm und ohne einen Brocken an Deutschkenntnissen mit nahen Verwandten, auch seinem Bruder Mimmo, von Kalabrien nach Köln verschlagen hatte. Die Wände im Restaurant sind voller Familienfotos und Heimatbildern. Vor ein paar Jahren hat Santo anlässlich seines 60. Geburtstages eine einjährige Auszeit genommen, um mit dem Fahrrad in Begleitung seiner Freundin eine lange Reise quer durch Italien und speziell in die alte Heimat zu machen. Der Laden lief auch ohne ihn, da er sich auf sein Team verlassen kann. Aber etwas fehlte die ganze Zeit doch: die etwas heisere, eher helle und oft laute Stimme des Chefs, der sich überhaupt nicht wie ein Chef aufführt; Santo ist sich für nichts zu schade, er packt überall an, vornehmlich bei der Bewirtung der Gäste, die immer auch die Gelegenheit zu einem Gespräch bietet; er macht die komplette Logistik, d.h. die Bestellungen und Einkäufe, hat die Personaleinsatz-Kompetenz und springt selbst jederzeit ein, wenn Not am Mann ist.

Zu den vielen Besonderheiten des Restaurants zählt eine Handbibliothek und hier speziell eine dreibändige *Lenin-Ausgabe* – Santo wird sie aus seinem privaten Bestand hier deponiert haben, was darauf verweist, dass er sich immer als einen Linken verstanden hat. Des Weiteren ein großes Konterfei von *Al Capone*; vor der letzten Renovierung hing es im großen Speisesaal, und man konnte den Text unter dem Foto gut lesen: *Gute Argumente können im Leben weiterhelfen. Gute Argumente und eine Pistole noch mehr.* Inzwischen hängt Al Capone *dort, wo er hingehört* (O-Ton Santo), nämlich im Keller-geschoss, sprich: im Untergrund.

Nach und nach haben wir ein freundschaftliches Verhältnis zum Personal aufgebaut, bei dem wir gerngesehene Gäste sind. Da ist einmal die schon langjährig angestellte *Ester* (wie wir hörten, war sie früher mit Santo zusammen); da ist *Peppino*, der Elegante (mit dem wir es nur abends zu tun haben, s.u.); da ist die Langnase *Gastone*, der sich als den *Eismann* definiert, also für die Theke und das köstliche, teils hausgemachte Eis zuständig ist; da ist *Salvatore,* auch ein sehr korrekter und überaus höflicher Ober, der sich stets ein wenig vor uns verneigt bei der Begrüßung; und da ist der Neffe von Santo (Mimmos Sohn), auch schon sehr umsichtig, der einmal den Laden übernehmen soll. Neu hinzugekommen ist *Caetano*, der Jüngste im Bunde, hübsch anzusehen, freundlich und willig, wahr-scheinlich auch einer aus der Verwandtschaft Santos; er trat kürzlich seinen Dienst an, ohne auch nur einen Brocken Deutsch zu sprechen und zu verstehen; meint er, es kommt von selbst? Zum Küchenpersonal nehmen wir Kontakt auf, wenn wir uns beim Auf-bruch für das gute Essen bedanken wollen – diese Anerkennung haben sie verdient; mit dem Chefkoch gibt es – vor allem nachmittags, wenn er etwas mehr Zeit hat – hin und wieder ein Beratungsgespräch.
Es gibt jedenfalls für uns hinreichend viele Gründe, hier Stammgast zu sein, wie es auch *Wolfgang und Renate L.* sind. Immer mal wieder treffen wir uns hier zum gemeinsamen Mahl.

Peppino – der Kellner mit dem gewissen eleganten Charme

Er fiel uns schon immer auf: seine zurückhaltende Art, seine stolze Haltung, sein Überblick, seine Eleganz, man könnte ihm auch einen distanzierten Charme nachsagen. Peppino, schon lange bei *Mimmo & Santo* beschäftigt, ist eher von kleinem Wuchs, sehr zierlich und ungemein gepflegt in seinem Äußeren; das immer noch volle, inzwischen graue Haupthaar trägt er korrekt geschnitten, das Bärtchen um Kinn und Oberlippe stets auf dieselbe Länge gestutzt. Mehr als durch seine Erscheinung sichtbar, wussten wir bisher nicht von ihm; anlässlich eines Restaurantbesuchs zusammen mit Wolfgang und Renate am 23. April 2015 sollte sich dies ändern. Es ergab sich gegen Ende unseres Besuchs beim von ihm ausgegebenen Grappa, dass er – angeregt durch Wolfgangs interessiertes Fragen – von seinem Lebensweg erzählte.

Er kam (wie Mimmo, Santo und viele andere) in den 1960er Jahren als 17Jähriger aus Kalabrien nach Deutschland. Da er einen Metallberuf (als Dreher, Fräser o.ä.) gelernt hatte, fand er bei Mercedes in Stuttgart bald eine Anstellung. Er verdiente relativ gut. Wie er von dort nach Köln zu Ford kam, habe ich leider nicht behalten. Jedenfalls blieb er in der Automobilbranche und arbeitete ganze 31 Jahre als Metallfacharbeiter bei Ford, wahrscheinlich im Schichtdienst. Diese langen Jahre sind ihm überhaupt nicht anzusehen – sicht- und wahrnehmbar hat er sie körperlich und psychisch schadlos überstanden (vergleicht man ihn mit etwa gleichaltrigen Türken, die häufig invalide und gebrechlich sind, ist das umso erstaunlicher). Er muss damals häufiger Gast bei

Mimmo & Santo gewesen sein, so dass sie sich kennen und schätzen gelernt haben. Jedenfalls stieg er nach dem Ausscheiden bei Ford ins Gastronomiegeschäft der Brüder ein – da war das Lokal noch in der Yorckstraße (heutiger *Hahnheiser*) untergebracht. Es muss Mitte der 1980er Jahre gewesen sein. Und seitdem ist er dem Laden treu geblieben und umgekehrt für Santo eine der zuverlässigsten Kräfte in seinem 10köpfigen Team. Peppino, heute 62 Jahre alt, denkt nun an seinen wohlverdienten Ruhestand – im nächsten Jahr (2016) hat er vor aufzuhören.

Spaziergänge rund um Nippes

Unser Viertel hat etliche Parks, man könnte von einem grünen Quartier sprechen. Dazu gehört auch das große Gelände der Pferderennbahn im angrenzenden Weidenpesch, genannt die *Grüne Lunge* des Nordens von Köln. Unsere Spaziergänge führen uns durchs *Nippeser Tälchen,* den *Toni Steingass-Park,* den *Nordpark,* die Gärten zwischen Nord- und *Giesbergpark,* weiter geht es entlang der Inneren Kanalstraße durch eine langgezogenen Grünfläche (*Liz Bohne-Park*) bis zum *Sechzigviertel.* Hieran schließt sich das relativ neue *Eisenbahnerviertel,* die sogenannte *autofreie Stadt,* die ebenfalls eine Grünfläche aufweist, und über die *Kempener Straße* hinüber schließt sich der Kreis, wenn wir wieder das Nippeser Tälchen betreten. Hinzu kommt noch die wunderschöne *Flora* mit dem gepflegten und stets blumengeschmückten Botanischen Garten. Das alles begehen wir bei unseren regelmäßigen Spaziergängen oder durchfahren es mit den Rädern. Neu hinzugekommen ist das große *Cloud-Viertel,* ein Wohngebiet, das uns gen Osten einen schnellen Zugang ins Grüne gewährt.

Überall hier sehen wir mit Freude die vielen Hunde, die hier rumtollen und sich vor Lebensfreude kaum einkriegen können; viele scheinen sich zu kennen, weil ihre Halter:innen sie immer wieder zu regelmäßigen Uhrzeiten hierher führen, damit sie sich austoben können. Da werden Bällchen und Stöckchen geworfen und von den gut erzogenen Hunden apportiert, so lange, bis sie müde sind.

Auch manchen älteren Damen mit ihren Hunden begegnen wir zum wiederholten Male, so dass man sich schon kennt und grüßt und eine kleine Unterhaltung führt. Sie sind, angesprochen auf ihren treuen Begleiter, oft sehr redselig und froh, überhaupt mit jemandem wie uns sprechen zu können, denn sie leben häufig allein mit ihrem Hund, meist als Witwen. Und so kommt es, dass sie uns ihr halbes Leben erzählen. Wir merken immer wieder, dass es doch so leicht ist, älteren Menschen eine kleine Freude zu machen, indem man sich etwas Zeit nimmt und einfach zuhört, was sie zu erzählen haben.

Heimat im Haus

Wir wohnen im Haus Nr. 33 in der Bülowstraße nun schon seit 1989, also über dreißig Jahre; zuerst elf Jahre in der Dachgeschoßwohnung, ab 2000 dann in unserer Traumwohnung im dritten Stock: mit dem großen Wohnraum von über 45 qm, der durch eine früher vorgenommene Zusammenlegung zweier angrenzender Wohnungen entstanden ist, mit zwei Bädern und einer Raumaufteilung, die unseren Bedürfnissen und Lebensgewohnheiten entspricht – jeder/jede hat seinen/ihren eigenen Bereich, wie schon von Anfang unserer Beziehung an gibt es kein gemeinsames Schlafzimmer, sondern zwei getrennte Schlaf- und Arbeitsstätten, so dass eine für uns optimale Lebensführung im Alltag möglich ist.

Das Haus hat eine gut gemischte Bewohnerstruktur mit der Tendenz zur Verjüngung. Früher gab es gleichalte, ältere bis alte Mitbewohner:innen: Frau *Förster,* die gerne laut ihre Karnevalsmusik hörte und überhaupt erstaunlich lebensfroh war, sie ist längst tot. Frau *Richter*, die als über Neunzigjährige vor längerer Zeit wegen Altersverwirrung in ein Pflegeheim gebracht wurde (und inzwischen gestorben ist). Herr *Weigel*, ein frühverrenteter, verarmter Mann, der an seinem Schicksal zerbrochen ist und an Verbitterung und Diabetes starb. Die *Kiefers*, die hier Hausmeister- und Putzdienste geleistet hatten und dann nach Ossendorf in ein Eigenheim zogen; er ist inzwischen gestorben. Und die *Ragas*, eine italienische Familie der ersten Migrantengeneration mit insgesamt vier Kindern, die nach und nach ihre eigenen Wohnungen bezogen; *Don Angelino*, so nannten wir den Familienvater, hatte sich bei Ford

verdingt und nutzte die Gelegenheit seiner Verrentung sofort zur Rückkehr in die sardische Heimat; *Gianna*, seine Frau, wollte partout nicht mit, sondern bei den Kindern und Enkeln bleiben; doch nach einigen Jahren getrennter Lebensräume mit längeren Besuchen hat er sie rumgekriegt, so dass die einst als Geschenk von einer wohlhabenden Bekannten übernommene Eigentumswohnung an den Sohn Enzo und seine Familie übergehen konnte. Für uns war das ein Zugewinn an nachbarschaftlichem Kontakt und Hilfeleistung: wir tauschten für den Notfall die Wohnungsschlüssel aus; Ragas achteten, wenn wir wieder einmal länger unterwegs waren, auf unsere Wohnung; Tanja lüftete durch, wenn wir wiederkamen usw. – und vor allem versorgen sie uns fast regelmäßig mit wohlschmeckendem, italienischem Essen, denn sie neigen dazu, zu viel zu kochen, weil ihre Kinder inzwischen ausgezogen sind; auch bekommen wir immer vom selbstgemachten Kuchen etwas ab, alles mit einer schönen Selbstverständlichkeit und als Bezeugung von Sympathie.
Ein Beispiel für gute Nachbarschaft war auch unsere Akademische Rätin, mit uns die dritte Promovierte im Haus, die sich um Frau Richter kümmerte und nach ihrem beruflich bedingten Wegzug nach Süddeutschland den Kontakt zu der alten Frau noch brieflich und telefonisch aufrecht erhielt.

Nach und nach sind die freigewordenen Wohnungen von jungen Leuten bezogen worden, mit der Folge, dass nun wir die Ältesten im Hause sind. Ähnlich wie im Basil's also, und wir kommen wie dort mit ihnen wunderbar zurecht.

Mit das Schönste im Haus sind die Kinder, allen voran *Simon* (13), *Levin* (11) und *Jakob* (6) mit ihren strahlenden Augen und ihrem furiosen Temperament; sie sind unsere Lieblinge, auch weil sie keine Hätschelkinder sind, sondern auch mal ihre schlechte Laune zeigen (dürfen); auch schwierige Phasen der Willensausbildung, die mit Wutausbrüchen einhergingen, meisterten die Eltern mit Bravour. Sonja bewundern wir für ihre natürliche Pädagogik, sie hat eine gute Hand, mit den Kindern umzugehen, wozu auch mal laut bekundeter Widerstand gegen irgendwelche Unzulänglichkeiten im Verhalten der Jungs einerseits sowie eine enorme Geduld und die Bereitschaft, Zeit zu investieren, andererseits gehören.

Als besonders anrührend haben wir die Szenen zu St. Martin in Erinnerung, wenn die Jungs mit ihren Laternen vor unserer Tür standen und uns etwas vorgesungen haben. Mit 5 Jahren Abstand zu den Älteren ist Jakob dazugekommen; Vater Guido merkte auf die Frage nach dem Geschlecht des Neugeborenen an: *Wir können nur Jungs.*

Und es war derselbe Guido, der uns, als die Batterie im Auto schon wieder leergelaufen war, an einem Sonntag mit einem Überspielkabel und einer Ersatzbatterie aus der Patsche half – für ihn anscheinend eine selbstverständliche Hilfeleistung. Genauso war er mit seinem informationstechnischen Sachverstand zur Stelle, als wir mit einer Umstellung auf Digital-TV nicht fertigwurden – für ihn wohl eine Kleinigkeit, uns kostete das Nerven. Doch es ist diese Art der Hilfestellung, die uns so imponiert und die Kontakte im Haus auf verlässlicher Basis stabilisiert.

Im Haus waren eigentlich immer Kinder – ob *Marie*, die Vielweinende, oder die drei Racker der Familie unter uns, die dann in die *Autofreie Stadt* umgezogen sind, oder *Katrins und Jans* Tochter *Paula*, die Ernsthafte, oder *Liz*, die Kesse, und wie sie alle hießen. Doch die heute hier Wohnenden machen uns die größte Freude. So auch *Phil* (damals 4), ein unglaublich vitaler Junge, der nach dem Kindergarten noch immer vor Energie sprüht und in der Wohnung über uns solange herumflitzt, bis er vor Müdigkeit ins Bett fällt. Seine Mutter *Sabrina* ist eine bezaubernde junge Frau, seit ihrem Einzug mit Phil alleinerziehend, doch die Eltern scheinen es hinzu-bekommen, dass der Junge nichts entbehrt. Halbzeit-Erzieher ist auch *Jens*, der Vater von *Arne* (inzwischen über 20), der sich mit seiner Frau arrangiert hat; Jens, der Ingenieur, wohnt in unserer früheren Dachgeschoss-Wohnung, die er wiederum von *Stefan*, dem Komiker und Satiriker u.a. für den WDR und SWR, gekauft hat; er engagiert sich auch für Umbaumaßnahmen (wie die Flursanierung) im Haus, was für einen gewissen Gemeinschaftssinn spricht. Neben uns wohnt *Aysel* mit ihrem Sohn *Silvan* (inzwischen ausgezogen), auch sie alleinerziehend; von den zahl-reichen Konflikten haben wir Wand an Wand unfreiwillig eine Menge mitbekommen. Silvans Vater ist ein erfolgreicher Manager eines Konzerns, lange in Shanghai tätig gewesen, inzwischen zurück in Deutschland; die Trennung erfolgte, als der Junge fünf war. Seitdem lebt Aysel ohne Beziehung, was wirklich schade ist, denn sie ist eine attraktive und gebildete Frau, hat ihr Diplom nach zehnjähriger Erziehungspause nachge-holt (ich hatte ihre Diplomarbeit auf ihren Wunsch über Wochen betreut, was sie mir hoch anrechnete), doch leider nie eine ihrer Qualifikation entsprechenden Beschäftigung gefunden. Ein doppeltes Drama in ihrem Leben: hochqualifiziert, in zwei Kulturkreisen lebend (sie ist Kurdin und Deutsche), sprechend und sich auskennend, auf Gelegenheitsjobs verwiesen und allein, einsam und enttäuscht – sie ist inzwischen 56 Jahre alt.

Mit Raga junior *Enzo* und seiner (deutschen) Frau *Tanja* sind auch zwei heranwachsende (inzwischen erwachsene) Jugendliche hinzugekommen: die schöne *Laura* (sie ist schon vor längerer Zeit ausgezogen, hat auf Lehramt an Grundschulen studiert und ist damit die erste in der Familie mit Hochschulabschluss) und ihr jüngerer Bruder *Stefano*; im Unterschied zu den (Groß-)Eltern, wo es noch typisch italienisch laut zuging, ist es nun in dieser Wohnung nahezu still – auch wenn die kleine Eliana, ihr Enkelkind, zu Besuch ist; eine angenehme Familie ist da nachgewachsen, die sehr gut in die Hausgemeinschaft passt. Diese wird auch dadurch gestiftet, dass man gegenseitig die Postsendungen annimmt für diejenigen, die nicht da sind; so lernt man sich bei der Paketübergabe von Angesicht kennen und vielleicht auch schätzen.

Ein ganz angenehmer Nachbar ist *Konstantin O.*, der unter uns wohnt; er war beim *Mühlenz*-Konzern in einer gehobenen Position tätig, bis das Kölner Werk schloss und alle Beschäftigten entlassen wurden; O. hat lange suchen müssen, bis er einen neuen Job gefunden hatte; in seiner Zurückhaltung ist er uns ein guter Nachbar, den man praktisch (im Unterschied zu anderen Mitbewohner:innen, besonders denen über uns) nicht zu hören bekommt. Dann gibt es noch unseren *Musiker Georg* und Susanne; er spielt professionell mehrere Blasinstrumente und komponiert Stücke in Stilrichtungen des Jazz. Einmal waren

wir auf einem Konzert seiner Band in den Kata-
komben unter der Hohenzollernbrücke – sehr
beeindruckend. Er lebt für und von seiner Musik, gibt
auch Unterricht; sie geht einer geregelten und
wahrscheinlich qualifizierten Angestelltentätigkeit
nach, so dass ihre Existenz gut abgesichert ist. Auch
sie sind uns sehr angenehme Mitbewohner. So haben
wir alles in allem den Eindruck, genau im richtigen
Haus wie im richtigen Viertel zu wohnen und zu
leben.

Angrenzend: Der Eigelstein

Es gibt Tage, da schlendern wir über die Viertels-
grenzen hinaus, entweder Richtung Innenstadt oder
auch nur ins benachbarte Viertel. Hier im *Eigelstein*
gibt es für uns zwei attraktive Kneipen. Auf ein paar
Kölsch gehen wir gerne mal ins *Max Stark*, ein kleines
Brauhaus mit deftiger Speisekarte, das ab mittags
geöffnet hat und sich reichlichen Besuchs erfreut. Die
Tische sind voll besetzt, und es riecht ziemlich drall
nach Essen. Wir bevorzugen deshalb den Nachmittag,
wo nur noch vereinzelt gegessen wird. Doch die
Speisekarte ist nicht zu verachten; es gibt auch feste
Tage für den hier so beliebten *Rievkooche* oder die
gegrillte Haxe und à la carte viel Fleisch und Gemü-
segerichte. Das Besondere für uns ist allerdings das
Fässchen Kölsch, aus dem frisch gezapft wird; es steht
auf den Tresen direkt neben dem Warenaufzug, der
in den Lagerkeller führt. Nach einigen von diesen
guten Kölsch ziehen wir beschwingt von dannen. Ach
ja, die Köbese (männliche und weibliche) sind hier
durchweg nett und freundlich – ganz im Unterschied
etwa zu denen vom *Päffgen* in der Friesenstraße, die
uns schon überheblich und arrogant begegnet sind.

Wenn wir noch nicht genug haben oder gerade auf
den Geschmack gekommen sind, dann zieht es uns
hin und wieder in den *Vogel* auf dem Eigelstein. Das
Lokal nennt sich zurecht *Weinhaus* und ist von solider
Tradition. Hier gibt es Weine aus deutschen Landen,
zünftig im Römer serviert; gerne trinken wir hier
einen Grauburgunder aus Baden. Für Biertrinker sind
neben Kölsch auch Biere aus Franken und Bayern im
Ausschank, gerne nehmen wir das Hopfenblut aus
Würzburg. Der Vogel ist wie Marx Stark ein Esslokal

mit Mittagstisch für den kleinen Geldbeutel, was für die Volkstümlichkeit des Lokals spricht. Das Publikum ist auf nahezu ideale Weise gemischt: hier trinkt der letzte Kohlenhändler des Viertels, der die Briketts im offenen Laster noch selbst bringt und in die Keller liefert, genauso sein Bier und seinen Schnaps wie der Redakteur vom WDR; hier kehren Goldkettchen-Typen (Verdacht auf Zuhälterei) genauso ein wie bürgerliche Leute; insgesamt ein buntes Gemisch, das für eine offene Atmosphäre sorgt, in der wir uns wohlfühlen. Die Attraktion steigert sich im Sommer, wenn der kleine Biergarten im Innenhof geöffnet ist.

Radio-, Kirchen- und Hochkultur

Ich bin seit langem eine treue Radiohörerin. Mein Lieblingssender ist der WDR 5. Sendereihen wie *Leonardo − Wissenschaft und mehr* oder *Neugier genügt* oder die *Bärenbude* auf *KiRaKa* für Kinder oder das *Tagesgespräch* zu tagesaktuellen Themen mit reger Hörerbeteiligung sind von hohem Informationswert und lehrreich; oder die Sendungen *Spielart, Satire Deluxe, Politikum, Scala − das Meinungsmagazin*. Mein besonderer Favorit ist das *Tischgespräch*; wie viele interessante Menschen habe ich in diesem Format schon kennen- und schätzengelernt! Eine Stunde lang unterhält sich der/die in der Regel bestens informierte Moderator/die Moderatorin mit dem Gast, der entweder im öffentlichen Leben oder im kulturellen Feld sich einen Namen gemacht hat, so dass man viel über den Beruf, den Lebensweg und die besondere Leistung erfährt; zwischendurch hört man den speziellen Musikwunsch des Gastes und was es mit dem Stück für ihn oder sie auf sich hat.

Es ist noch nicht lange her, dass ich den *Klangraum Kunigunde* für mich entdeckt habe. In der Kirche St. Heinrich und Kunigunde findet jeden Sonntag von 17 bis 18 Uhr eine Musikveranstaltung statt, die Hinnerick B., selbst Musiker und Stimmkünstler, organisiert. Diese kleine Kirche bietet ein ideales Ambiente für die Konzerte, die durch Spenden oder einen niedrigen Eintrittspreis finanziert werden. Das Programm sieht alles Mögliche vor: Weltmusik, Alte und Neue Musik, Klassik, Pop-Interpretationen, Jazz, spezielle Instrumente und Stimmen etc. Es tat mir jedes Mal leid, wenn ich verhindert war, daran teilzunehmen, weil wir nicht an Ort und Stelle waren. (Inzwischen gibt es diese Einrichtung leider nicht mehr, sie ist dem Lockdown in der Corona-Krise zum Opfer gefallen, wie so manche kulturelle Initiative auch.)

Vor ein paar Jahren gingen wir regelmäßig in die Philharmonie. Wir hatten uns durch Abonnements drei Jahre lang an Konzerte aus der Reihe Neue Musik gebunden. Das war nicht immer ein Vergnügen, hatten wir doch kaum Voraussetzungen für die Kompositionen, die alles andere als eingängig sind. Das Konzert zu Wolfgang Rihms 50. Geburtstag bildete eher die Ausnahme: dieser Musik konnten auch wir uns zuneigen, wir meinten, sie zu verstehen, weil sie nicht gar zu reduktionistisch, abstrakt und atonal auf uns wirkte. Allemal interessant waren viele der Konzerte, allein schon wegen des Publikums: ein eher handverlesenes, das über Sachverstand verfügte (wie wir vermuteten), darunter immer *Gerhard Baum*, der frühere FDP-Bundesinnenminister, und etliche Jüngere, viele asiatischer Herkunft, von denen wir annahmen, dass sie selbst Musiker und Musikerinnen sind – schließlich hat Köln eine renommierte Musikhochschule, an der Größen wie *Mauricius Cagel* oder *Karl-Heinz Stockhausen*, der auch einmal anwesend war, lehrten. Aus heutiger Sicht staunen wir schon über unser Durchhalte-vermögen, denn die Hoffnung, dass diese Konzerte uns die Neue Musik näher brächten, allein über das Hören und Erleben, hat sich leider nicht erfüllt – dazu bedarf es wohl mindestens einer Art Schulung, wenn nicht eines Studiums. Ein positiver Nebeneffekt des regelmäßigen Besuchs der Philharmonie war, dass die Schwellen immer niedriger wurden und wir uns mit großer Selbstverständlichkeit dort bewegten. Abgesehen von diesen Abonnements haben wir viele verschiedene Konzerte besucht – von den Klassikern bis zu lateinamerikanischen Ballett-Aufführungen.

Nahezu heimisch fühlen wir uns in den Kölner Museen, die wir immer wieder besuchen: Das *Wallraf-Richartz-Museum* mit seiner fantastischen Impressionismus-Abteilung im 3. Stock; das *Museum Ludwig* mit der Haubrich-Sammlung und den vielen Picassos; das *Rautenstrauch-Joest-Museum* als völkerkundliche Schatztruhe; das *Käthe Kollwitz Museum*, das mit den vielen Gemälden, Zeichnungen und Skulpturen eine bleibende Hommage an diese große Künstlerin darstellt und ihr Werk mit wechselnden Ausstellungen themen- oder stilverwandter Künstler:innen ergänzt und bereichert. Erobern müssen wir uns noch das *Ostasiatische Museum* (das Lieblingsmuseum von *Dieter Wellershoff*), was sich wegen der Lage im Inneren Grüngürtel in der warmen Jahreszeit anbietet, wenn man mit dem Fahrrad hinfahren und sich zum Tee im Außenbereich des Museums niederlassen und über das Gesehene nachsinnen kann.

Zimmerschied

Zimmerschied ist nun schon über 30 Jahre unsere zweite Heimat. Joke hat in mehreren seiner Bücher darüber geschrieben: in den *Begegnungen*, in *So fern – so nah*, im Roman *Das Haus des Dichters*, und in zwei gesonderten Büchern: eines für kleine und große Kinder *Tiere sind auch nur Menschen;* das andere *Zimmerschied – Eine Oase im Grünen* anlässlich unseres Abschieds.

Von Anfang an waren wir von der das Dorf umgebenden Landschaft fasziniert, dieses Mittelgebirge zwischen Westerwald und Taunus, das uns an die Toscana erinnert; die Lahn, die den *Nassauischen Naturpark* durchzieht und uns auch mit meinem Geburtsort Wetzlar verbindet, wie sie so romantisch sich dahin schlängelt und zu Radtouren wie Spaziergängen an ihren Ufern einlädt; das traumhaft schöne *Gelbachtal*, das wir immer wieder mit den Rädern oder dem Auto (am liebsten mit meinem PT Cruiser Cabrio offen) durchfahren; das von uns so genannte Tälchen zwischen Welschneudorf und Kemmenau, das uns schon so oft einen Spaziergang wert war; oder die vielen Waldwege, auf denen wir zu Fuß oder per Rad unterwegs sind und die Stille genießen; es sei denn, wir lauschen dem Vogelkonzert; und wenn wir im Winter Glück und ausreichend Schnee hatten, haben wir uns auf diesen Wegen unsere eigene Loipe gezogen (leider war das mangels Schnee schon mehrere Jahre nicht mehr möglich). Diese Landschaft vermittelt mir auch deswegen Heimatgefühle, weil ich sie von Wetzlar her kannte: die Lahn und das Mittelgebirge sind hier wie dort ganz ähnlich.

Hier erleben wir die Jahreszeiten in einer Unmittel-
barkeit der Wahrnehmung, die in der Stadt so nicht
möglich ist. Naturerfahrungen, die immer wieder für
Freude und Überraschung sorgen – obwohl Jahr für
Jahr sich wiederholend, kommen sie uns stets neu
und wundersam vor: die Blüte der Bäume und
Sträucher im Frühling, die warmen, leuchtenden
Farben der Blätter im Herbst, immer wieder foto-
grafiert und vor allem bestaunt und genossen; und
wenn Schnee das Land zudeckt mit seinem großen
weißen Kleid, verwandelt sich alles in einen Winter-
traum; und im Sommer spenden die hohen alten
Bäume auf unserem Grundstück behaglichen
Schatten und etwas Kühle.

Erfahrungen, die wir hier mit Tieren machen, sind
einfach berauschend: Wir und unsere Tiere in
Zimmerschied und Umgebung sind ein Kapitel für
sich. Es fing vor 30 Jahren an mit den Sieben-
schläfern; wir lernten durch Beobachtung, sie als
unsere Dauergäste auf dem Dachboden anzunehmen
(s. das Kapitel in Jokes Tier-Buch); und sie sind immer
noch da, wenn auch nicht mehr in der großen Zahl
der ersten Jahre. Die Vögel: Amsel, Drossel, Buchfink,
Meise, Zaunkönig, Rotkehlchen, Rotschwanz, Grün-
ling, Heckenbraunelle, Dompfaff, Sperber, Eichelhäher, Specht – sie erfreuen uns mit ihren Lauten und
Gesängen (einmalig schön die Singdrossel auf der
Spitze unserer Blaufichte im März) von Februar bis
August, und sie sind uns willkommen bei der
Fütterung im Winter.

Von besonderem Liebreiz ist *Louis*, unser Zaunkönig:
er hält sich Jahr für Jahr im und am hinteren
Schuppen auf (vielleicht schon in einer Generatio-

nenfolge, denn so alt wird ein Vögelchen wohl nicht, wie wir es über die Jahre beobachten), der Zaun und das Gestrüpp bieten ihm seinen bescheidenen Lebensraum, und wie oft hat er mir morgens früh ein Ständchen gebracht! Eines Winters, es herrschten zweistellige Minusgrade, beobachteten wir, dass Louis zusammen mit seiner „Familie" über Nacht Schutz suchte im Nistkasten am Haus; einer nach dem anderen flog vorsichtig an, um hineinzuschlüpfen und sich gegenseitig zu wärmen. Wie klug diese kleinen Kerlchen sind! So etwas beglückt und wärmt uns das Herz.

Genauso, wenn wir abends bei Dunkelheit die Käuzchen rufen hören. Oder die Spechte: wir haben neben den Buntspechten, die es hier in großer Zahl gibt, auch etliche Grünspechte beobachtet und ganz selten sogar einen Schwarzspecht gesehen und gehört – jede Art hat ihren eigenen Rufton, den wir mit der Zeit zu unterscheiden lernten; gemeinsam ist den drei Arten die schwingende, bogenförmige Flugbewegung.

Jedes Jahr aufs Neue warten wir auf den Zug der Wildgänse und Kraniche, wenn sie im November/Dezember ihre große Reise nach Süden antreten und im Vorfrühling wiederkommen. Ihre Rufe sind von weither zu hören; dann laufen wir nach draußen zum Tor, um ihre Zugformationen zu sehen. Im Februar 2017 flog einer der Züge direkt über unser Haus hinweg, und zwar so dicht, dass wir in Sorge waren, sie könnten sich in den Wipfeln der Bäume verfangen. Doch es ist alles gut gegangen. Wenn sie fortziehen, überkommt uns Wehmut; kehren sie zurück, ein Glücksgefühl, verbunden mit dem starken

Wunsch, sie mögen doch bitte ihr Ziel wohlbehalten erreichen.

An der Lahn in *Nassau*, im *Freiherr vom Stein-Park*, haben wir mehrere Reiherpaare und ihre Nester in den flussnahen Baumwipfeln beobachtet und staunen über eine besonders schöne Entenart mit braun-blauem Gefieder, die sich ebenfalls paarweise hier aufhält (wahrscheinlich wurde sie ausgesetzt, damit sie sich ansiedeln und vermehren). Eine Augenweide sind die Schwäne in ihrem stolzen Gebaren, wenn sie majestätisch über den Fluss ziehen oder gar mit ihren weiten Schwingen bodennah über die Aue fliegen, um auf der Wiese nach Nahrung zu suchen.

Sorge machen uns die Elstern, die es in den ersten Jahren hier kaum gab, nun aber in sehr großer Zahl; sie haben selbst die artverwandten Eichelhäher in die Defensive gedrängt, geschweige die Singvögel, die vor ihnen Reißaus nehmen. Zurecht, denn es handelt sich um sogenannte Würger, die auf ihre Nester und die junge Brut aus sind.

Auf unseren Spaziergängen über *Welschneudorf* erfreuen uns jedesmal die Pferde auf den Koppeln; sie gehören einfach zur Landschaft dazu. Immer mehr Privatleute halten sich Pferde – nicht, wie früher, als Arbeitstiere, sondern als Statussymbol, zum Reiten und manchmal zum Angeben. Doch dafür können die Pferde nicht, und uns kümmern die Halter nicht, Hauptsache, die Tiere werden gut versorgt und gepflegt, und das scheint der Fall zu sein.

Seit kurzem gibt es eine neue Attraktion im Dorf: In dem Gartengehege, wo auch die possierlichen Zwerghühner und –hähne zu Hause sind gibt es

Neuzugang in Gestalt von Paul und Lisa, zwei Ferkelchen, immer hungrig und den Menschen zugewandt in der Erwartung von Futter; doch Füttern ist verboten, also betteln sie umsonst; leider ist nur noch Paulchen übrig geblieben (wir wissen nicht, was mit Lisa geschehen ist, hoffentlich war es keine Schlachtung!), und er hat sich etwas ganz besonderes einfallen lassen, um die vorbeiziehenden Leute zu beeindrucken und vielleicht doch rumzukriegen: er nimmt Anlauf, um sich dann zweimal pirouettenhaft um die eigene Achse zu drehen! Wir sind beeindruckt von *Paul, dem Tänzer*, wie er bei uns seitdem heißt.

Das alles und noch viel mehr ist Heimat in Zimmerschied. Von den Menschen hier ist unser stets hilfsbereiter und helfender Nachbar Klaus B. und seine Lebensgefährtin Bianca zu erwähnen. Ja, und dann der Künstler Karl Friedrich Elias W., dem Joke ein Denkmal in den *Begegnungen* gesetzt hat; der gute Alte ist inzwischen an die Neunzig und wird wohl bis zum letzten Atemzug malen und zeichnen, so als würde er damit seine Daseinsberechtigung bezeugen wollen, und um nicht vor Langeweile zu sterben.

Irgendwann schließt auch das Paradies seine Tore. Im Jahr 2020 haben wir unser Domizil in Zimmerschied aufgegeben, und zwar aus mehreren Gründen: Die Natur um uns herum hatte sich aufgrund von Trockenheit und Borken-käferbefall (besonders die Fichtenwälder) dermaßen verändert, dass wir vor lauter Bergen von gefällten Bäumen unsere Wan-derwege kaum noch wieder-erkannten; es war bedrückend, diese gewaltigen Veränderungen wahr-zunehmen und damit umzugehen. Auch auf unserem großen Grundstück nahm das Waldsterben seinen

Lauf, Baum für Baum erkrankte, erst die Fichten, dann auch Laubbäume. Und unser kleines Haus hätte inzwischen eine größere Sanierung/Renovierung nötig gehabt – die wir uns nicht mehr aufbürden wollten und konnten. Bewegend war der Abschied von unserem Dörfchen und seinen Menschen, bei dem wir zu spüren bekamen, wie uns doch so manche unserer Nachbarn und Mitbewohner im Laufe der langen Zeit inzwischen als dazugehörig zum Ort angesehen, vielleicht auch gemocht und geschätzt haben.

Wilhelmshaven

Zu guter Letzt Wilhelmshaven. Seit einigen Jahren ist dieser Ort unsere „Sommerresidenz". Um von einem Stück Heimat zu sprechen, setzt dies die Ausbildung von Gewohn- und Gepflogenheiten voraus, also Wege, die wir immer wieder gehen oder abfahren, Stätten, die wir immer wieder aufsuchen etc. Das ist der Fall, und hiervon soll die Rede sein. Am Anfang war es die nach kurzer Suche gefundene Wohnung in der Werftstraße im südlichen Bant, direkt am Ems-Jade-Kanal gelegen. Schon die Wasserstraße des Kanals vermittelt Heimatgefühle, stellt sie doch eine direkte Verbindung mit Emden her - so wie die Lahn uns von Zimmerschied aus über Nassau mit Wetzlar verbindet. Die Wohnung, gelegen in einem etwas heruntergekommenen Altbau, der nach einer schon lange geplanten Außenrenovierung jedoch sicherlich in neuem Glanz dastehen wird, im dritten Stock, hatte es uns beiden sofort angetan; Joke betritt „sein" Zimmer und verbindet damit sogleich die Vorstellung, hier arbeiten zu können, ein sicherer Indikator für das Passende; mich hat der Ausblick aus „meinen" beiden Fenstern auf den Kanal und einen sehr chic renovierten Altbau sofort fasziniert. Die Entscheidung fiel schnell, und es machte mir Spaß, die noch fehlenden Möbel zu den bereits für hier vorgesehenen, vorhandenen auszusuchen. Dass wir selbst hier ein kleines Traumbad haben, verdanken wir unserem Vorbesitzer, der anscheinend ein Faible für große Sitzbadewannen über Eck und überhaupt alles im renovierten Zustand übergeben hatte (Laminatboden, gekachelte Küche und Bad, frischer Anstrich). Wir wohnen hier in einer Ost-West-Lage, so dass uns die Sonnenaufgänge ebenso erfreuen wie die – untergänge.

Mit als erstes entdeckten wir den Fahrradweg am Kanal entlang, der uns fast autofrei in zehn Minuten zum Südstrand oder zur Kaiser-Wilhelm-Brücke führt. Und in der anderen Richtung nach Mariensiel und Sande, theoretisch immer weiter nach Westen bis Emden. Eine phantastische Erfahrung, die wir nahezu täglich machen konnten, hauptsächlich, wenn es zum Schwimmen ging und wir uns über diesen Zugang erfreuten. Der Südstrand samt Fliegerdeich ist für uns die Attraktion; eine Deichanlage mit Liegewiesen fast einen Kilometer lang, Freiduschen und Gestänge an den Treppen zum Wasser hin, die allein aufgrund dieser Weite nie überfüllt ist, auch bei bestem Wetter nicht. Die Schwimm- und Bademöglichkeiten bestehen rund um die Flut täglich bis zu sechs Stunden lang, das hatten wir schnell raus. Außerdem kamen wir recht bald mit den Leuten hier in Kontakt – überwiegend Ältere, eher bürgerlich anmutende, die sich hier täglich einfinden, auch bei rauem Wetter, und sich untereinander kennen (wir staunen, wie wenig Jugendliche das Badevergnügen nutzen, die meisten halten sich außerhalb des Wassers auf, wirken verpäppelt und desinteressiert – mit ein paar Ausnahmen, natürlich); sie sind in der Regel freundlich und auskunftsbereit, wenn wir Fragen haben, geben sie wertvolle Hinweise; das schönste ist, dass sie diese Anlage und das Schwimmen freudigst genießen: *Und das haben wir hier alles vor der Haustüre!*, so rief einmal eine ältere Dame beim Schwimmen mir zu. Die Alteingesessenen gehen hier von April bis Oktober schwimmen, einige wenige, so wird erzählt, das ganze Jahr über. Dann gibt es noch welche, die wir *die Braunen* nennen, weil sie den ganzen Tag über wie die Brathähnchen in der Sonne liegen und sich bräunen lassen; das Wasser scheint ihnen nur eine Nebensache zu sein; Goldkettchen-Typen und Aufgedonnerte, mit denen wir nichts zu tun haben wollen; sie stören uns auch nicht, weil sie ihren eigenen Liegeplatz haben.

Am *Fliegerdeich* führt eine Freitreppe hinunter zu unserem Fischmann; er betreibt zusammen mit seiner Familie einen Stand rund um die Uhr, wo man auch essen kann (Fischbrötchen, Bratfisch und Fritten sind hier beliebt); für uns ist sein Stremellachs, den er selbst räuchert, die Attraktion; im Sommer hat er auch Granat, frischer geht's nicht.

Eine weitere Möglichkeit, Fisch zu kaufen, besteht innerstädtisch in einem großen Geschäft in der Nordsee-Passage; auch das frequentieren wir häufig, da Fisch nun mal unser Hauptessen an der Küste ist. Schließlich sind Fisch-Stände auch auf dem Wochenmarkt, den wir so gerne mittwochs und/oder samstags besuchen, nicht nur wegen des Fischeinkaufens, sondern mehr noch wegen Johann Bruns, des Metzgers mit dem Namen von Jokes Ziehvater; fantastische Schinken und erstklassige Qualität im Fleisch sind seine Markenzeichen. Dann gibt es gute Stände für Obst und Gemüse – mit der Zeit haben wir unsere Favoriten gefunden. Und fürs Auge sind die herrlichen Blumenstände eine Wohltat.

Wenn es das Wetter erlaubt, fahren wir zum Markt mit den Rädern. Seit kurzem haben wir eine Idealstrecke gefunden: Vom *Bontekai* aus durch den *Friedrich-Wilhelm-Park*, die ruhige *Adalbertstraße* hoch, durch den *Kurpark*, die *Paul-Hueg-Straße* runter bis zum Rathaus, wo der Markt gelegen ist – eine grüne Strecke, fast autofrei. Diese nehmen wir auch verlängert bis zum *Rüstringer Stadtpark*, den wir so gerne sonntags vormittags aufsuchen, wenn wir hier am Teich zum Picknick verweilen und anschließend das *Rosarium* aufsuchen: ein Kleinod, das Hunderte von Rosensorten zu bieten hat, ebenso einen Traum von blühenden Azaleen und Rhododendren im Mai sowie eine Menge von Exoten im Baumbestand; romantisch verschlungene Wege und Pfade mit Bänken zum Verweilen und Ausruhen allüberall.

Der große Park und das Rosarium sind der nördliche Bezugspunkt für uns, das Wasser der südliche: der Kanal führt über den Handelshafen zum Großen Hafen mit *Bontekai*, vorbei am Marinehafen bis zur Jade in die Nordsee; WHV verfügt insgesamt über 7 oder 8 Häfen, darunter auch der relativ neue Tiefsee-Containerhafen, der noch nicht so recht in Schwung gekommen ist. Dann gibt es den *Banter See*, schön anzusehen, rundum begrünt und mit *Klein Wangerooge* sogar eine weitere Bademöglichkeit, doch eher für kleine Kinder und Familien als für uns geeignet. Und schließlich der schöne große Jadebusen mit unserem Südstrand, auch Orte wie *Dangast* beheimatend, der als Künstlerort bekannt geworden ist.

Auch kulinarisch und gastronomisch haben wir gut gewürfelt. Bei uns gleich um die Ecke, direkt am Kanal gelegen, ist unsere *Blühende Schiffahrt,* ein traditionsreiches Speiselokal mit einem herrlichen Außenbereich am Wasser, voller Blumen, Blüten und

Gewächse, der unser Garten geworden ist. Betrieben wird die BS von einem Paar etwa in unserem Alter, *Horst und Christa*, wobei sie die alleinige Chefin ist und er als ehemaliger Bootswerftbetreiber nun hobbymässig sich um Boote und Schiffe kümmert. Zur Mannschaft gehört unverzichtbar *Ute*, die erfahrene, ungeheuer umsichtige Kellnerin, Küchendirigentin und Thekendame in einem. Sie hat wirklich alles im Griff und kann es nur schwer ertragen, wenn ihr die Chefin eine Aushilfe zur Seite stellt, die nicht die Um- und Übersicht hat (haben kann!) wie sie. Das Team funktioniert am besten, wenn sich auch die Chefin raushält – aus gesundheitlichen Gründen ist dies inzwischen der Fall: sowohl aus der Organisation wie der Bewirtung selbst, nur die Logistik, also Einkäufe und Vorbereitungen von größeren Gesellschaften, ist ihr vorbehalten. Die BS bewirtet in Spitzenzeiten in der Tat 80 bis 120 Personen auf einmal, und die Speisekarte bietet für jeden Geschmack etwas Hausgemachtes: Die Fischkarte glänzt für uns mit Nordseescholle, Bratkartoffeln und Salat (*Larissa*, die erfahrene polnische Köchin, brät den gut abge-schnittenen und nur hauchdünn panierten Fisch in Perfektion; Joke schmecken die gebratenen Kartof-feln; mir besonders der frische, bunte Salat); aber auch die Knoblauchgarnelen sind köstlich für den kleinen Hunger. Für andere gibt es Schnitzel usw., wonach wir an der Küste keinen Bedarf haben. Jedenfalls ist es eine relativ einfache Küche, aber alles ist perfekt zubereitet; auch für das kleine Geld gibt es hier Leckeres wie z.B. Pfannkuchen oder Sülze oder Brathering. Dazu gibt es gute Biersorten – Joke trinkt gerne Schwarzbier oder Landbier aus dem Krug; selbst mit dem Weinangebot bin ich sehr zufrieden – Ute sieht mich als Kennerin und lässt mich, wenn sie einen neuen Wein ins Sortiment aufnehmen wollen, verkosten oder probieren, bevor sie entscheiden. Wir fühlen uns hier rundum wohl, auch sozial ist es herrlich gemischt und bisweilen interessant, wenn sich bspw. Leute aus der kommunalen Politik hier treffen. Hier wie überall in WHV merkt man auch die Marine als Traditionsstifter; so treffen sich hier ehemalige oder noch aktive Mariner zum Umtrunk und gemeinsamen Essen. Familienfeste werden hier gefeiert, und ganz selten landen mal Touristen mehr aus Zufall in der BS und sind begeistert. Sie ist wirklich die urigste von allen Gartenlokalen, und dann noch direkt am Wasser gelegen und mit einer erstklassigen einfachen Küche. Das ist so ganz nach unserer Kragenweite.

Nach und nach erweitert sich unser Horizont; so haben wir in der Nordsee-Passage im Ost-West-Trakt einen kleinen Italiener entdeckt, der sich *Paninoteca* nennt – wir sagen *Hugo* zu ihm, nach einem großen Schild über der Bar als Werbung für dieses Getränk. Hier gibt es sehr gute, nach Wunsch belegte Panini und als Spezialität des Hauses Bruschetta, ganz frisch und erstklassig gewürzt. Der offene Wein sehr akzeptabel und der Caffè ausgezeichnet. Er hat zwar auch Laufpublikum, doch es gibt eine Reihe von Stammgästen, die sich hier einfinden. Darunter waren auch die Gebrüder *Dassler*, zwei ältere Herren, die ihr Geld in der Sparte Schiffstechnik gemacht haben (beide sollen Millionäre sein). Den einen, *Diddi* genannt, kennen wir aus der Kneipe *Zur Deichbrücke* (s.u.), seinen Bruder haben wir hier durch ihn und mit ihm kennengelernt. Joke ging auf die Herren zu, die Weißwein tranken, und es entwickelte sich ein interessantes Gespräch; ein Schriftsteller unterhält sich mit zwei Unternehmern mal nicht über Klatsch und Tratsch aus WHV, sondern über politische, wirtschaftliche oder kulturelle Themen – Diddis Bruder würdigte dies ausdrücklich. Leider ist er kurz danach aus WHV weggezogen nach Hamburg, was man einem Weltmann wie ihm nicht verdenken kann.

Diddi treffen wir regelmäßig in der besagten Kneipe an der Jadeallee, wo wir so gerne auf ein Bier/einen Wein Station machen, wenn wir vom Schwimmen am Südstrand kommen. Trotz regen Verkehrs ist es herrlich, hier draußen auf dem breiten Bürgersteig zu sitzen und sich am Getränk zu laben. Mit den Wirtsleuten *Dieter* und *Veronika* sind wir vertraut und per Du; auch mit den meisten Stammgästen, so dass man sich gegenseitig grüßt. Die Attraktion des Lokals spielt sich auf der Straße ab: im Sommer fahren hier unzählige Autos, am liebsten als Cabrio oder Oldie, langsam vorbei, als würde eine Parade abgenommen; man will gesehen werden, man kennt sich, hupt und winkt; auch Motorräder ziehen hier ihre Bahn, viele wenden oben an Kreisverkehr oder am Deich, um auch auf dem Rückweg gesehen und beachtet zu werden. Einmal erlebten wir hier mehr zufällig eine ganz besondere Darbietung: *Michael A.* spielte, sang und tanzte den *Elvis*, viele der Songs ziemlich gut dem Original nachempfunden; einige Gäste schwangen dazu auch die Hüften und rockten mit – eine Frau stürzte dabei und brach sich die Hand; sie wird dieses Fest wohl kaum je vergessen.

Übervoll ist unsere Straßenkneipe besonders, wenn schräg gegenüber im *Pumpwerk* Freilichtkonzert ist; in der Saison treten hier jeden Mittwoch ab 19 Uhr Rockbands auf, die ihren Idolen huldigen: *The Scorpi-*

ons, Dire Strate und wie sie alle heißen, diese guten Gruppen aus den siebziger und achtziger Jahren, die auch uns musikalisch geprägt haben. Die große Außenanlage des Pumpwerks füllt sich jedesmal mit Leuten jeden Alters, man isst vorher eine Bratwurst oder Fritten, angelt sich ein Getränk, und dann geht's los. Die Bands spielen sich warm, und so gegen neun Uhr rockt die ganze Menge mit den zum Teil sehr guten Musikern. Das Vergnügen kostet noch nicht einmal Eintritt, nur für den Verzehr bezahlt man. Das gefällt uns an WHV unter anderem: Hier ist alles so frei – der Strand, die Musik, die Street Art-Festivals usw. Bedenkt man, dass in den anderen Küstenorten für alles eine Gebühr fällig ist, auch für die Strandbenutzung, ist das Kostenlose also keine Selbstverständlichkeit. Und dieses Freie wirkt sich auch auf unser Empfinden aus – wir fühlen uns hier so frei wie selten zuvor an einem Ort. Und wir genießen die Anonymität – wir sind niemandem verpflichtet, irgendwelche Rechenschaft abzulegen, wann und wie oft wir kommen, alles ist nur in unser Belieben gestellt. Wären wir zum Beispiel in Dornumersiel gelandet, hätten wir eventuell Nachbarn aus dem Ruhrgebiet, die bei jedem Besuch aufs Neue: *Na, auch mal wieder hier?,* bemerken würden. Das genau wollten wir nicht! Darum sind wir auch nicht so erpicht darauf, mit den Rädern gen Norden – also etwa *Hooksiel* – zu fahren; das geht gut, wir haben es einmal gemacht, doch Orte wie diesen möchten wir wegen der Klientel und der Verneppung lieber meiden, so hübsch sie *an sich* sein mögen. Nein, wir haben hier in WHV unseren Mittelpunkt gefunden und wissen es von Mal zu Mal mehr zu schätzen.

Gerne gehen wir mittwochs oder samstags zum *Flohmarkt*, der in einem alten städtischen Lagergebäude am Handelshafen untergebracht ist. Urige Typen wie der alte Kapitän oder der Freak mit dem Pferdeschwanz oder die achtzigjährige, liebe Frau mit rotgefärbtem Haar und der Güte im Gesicht bieten hier so manches, was wir gebrauchen können: Geschirr, Gläser, eine kleine Teekanne mit Wärmehaube, eine weitere aus purem Silber; einen antiker Sesselstuhl für mein Zimmer; CDs ganz nach unserem Musikgeschmack, meist Rockmusik usw. Die Seele des Flohmarkt ist *Klaus*, der Frontmann, der den ganzen Laden zusammenhält, hier und da aushilft, wenn die Standbetreiber:innen mal verhindert sind, der in seinem Raum neben allem möglichen Krimskrams auch immer Kaffee anbietet und für alle ein gutes Wort hat. Eine herausragende Einrichtung ist auch die Boutique von *Doris* (gewesen, bis sie kürzlich starb), bei der ich, auch dank ihrer guten Beratung, so manches schicke Kleidungsstück gefunden habe – wie etwa einen edlen Poncho aus handschuhweichem Leder; große Marken für relativ wenig Geld.

Der Flohmarkt ist für uns auch eine soziale Anlaufstelle, weil es hier nahezu freundschaftlich und solidarisch zugeht unter Menschen, die allesamt nicht auf der Sonnenseite des Lebens existieren. In dieser Hinsicht sind auch unsere Mitbewohner im Haus zu erwähnen – allen voran unser direkter Nachbar *Detlef Sch.*, der uns gleich nach dem Einzug mit einem Laib Brot und Salz in der Hand willkommen geheißen hatte. Der Kontakt zu diesem Mann, der selbst in Armut lebt (s. Jokes Buch *Schattenleben*, in dem über seinen Fall und weitere Armutskarieren in unserem hiesigen Umfeld erzählt wird), hat sich über die Jahre stabilisiert, dergestalt etwa, dass Detlef sich in den Zeiten unserer Abwesenheit um unsere Wohnung kümmert; er hat von uns den Schlüssel und leistet wertvolle Dienste (etwa Post annehmen, Gas und Strom ablesen lassen u.a.m.) Dafür bekommt er von uns auch eine finanzielle Unterstützung.

Was hat uns WHV noch alles zu bieten? Eine Überraschung war für uns etwa das *Küstenmuseum*. Die Dauerausstellung bietet multimedial dargebotene Information über die Entstehung der Deiche, die Besonderheiten des Jadebusens und der Nordsee, die Häfen, das Wattenmeer – alles Mögliche wird gut und anschaulich erklärt. Sicherlich ein Anziehungspunkt für Schulklassen und Touristen. Im Obergeschoss finden Sonderausstellungen statt; meist von Künstlerinnen und Künstlern, die mit der Region irgendwie verbunden sind. Die Räumlichkeiten sind hervorragend geeignet für beides, unten wie oben.

Tja, und unserer Leidenschaft für gute Weine können wir auch in WHV nachgehen. Als wir das *Weindepot* am *Handelshafen* entdeckten, mussten wir schmunzeln, denn es kann doch wohl kein Zufall sein, dass wir in Köln unseren Wein beim gleichnamigen Laden kaufen wie nun auch hier. Andrea L. führt uns das Sortiment vor, das auf französische Weine spezialisiert ist; daneben gibt es ein paar recht gute deutsche Weißweine – inzwischen haben wir unsere Favoriten gefunden, lassen uns aber auch gerne beraten, wenn Neues hinzukommen soll.

Eines Sommers fanden erstmalig in WHV die *Weintage* statt, organisiert von *Jörg*, dem Sohn des

Besitzers vom Weindepot, der einen eigenen Weinladen in der Südstadt betreibt und den wir mittlerweise gern besuchen. Dieses Weinfest fand auf dem Geländes des Pumpwerks statt, viele Stände mit Winzern und Weinverkäufern boten ein reichhaltiges Angebot dar, überall wurde verkostet und genossen. Auf Anhieb also ein Erfolg, das heißt schon etwas für Norddeutschland. Die Weintage sollen nun jedes Jahr im August stattfinden. Eine Bereicherung, die zum *Bauernmarkt* hinzukommt. Auch der ist ein beliebter Anziehungspunkt: Unzählige Stände mit Obst, Gemüse, Käse, Naschwaren und Getränken – man kann richtig einkaufen und überall etwas probieren.

Inzwischen sind wir bereits 10 Jahre in WHV, in denen sich manches verändert hat: Die *Blühende Schiffahrt* existiert nicht mehr, der Betreiber, Christas Mann Horst, ist gestorben, das Haus im Gaststättenbereich zur erweiterten Wohnung umgebaut; auch das Straßenlokal an der Deichbrücke ist verschwunden, das Haus wurde aufgekauft, großzügig erweitert, umgebaut und mit einer schicken Lokalität versehen, die uns nicht zusagt. Mit diesen Veränderungen müssen wir auch unsere lieben Gewohnheiten aufgeben und uns neue Anlaufstellen für das auswärtige Essen und Trinken suchen. Das ist der Lauf der Dinge: nichts bleibt wie es einmal war.

Doch es gibt nicht nur Verluste, sondern auch Zugewinne: So haben wir in unserer Wohnung manches in Angriff genommen, das wir unter der Rubrik *Aufbau Nord* (analog zum *Aufbau Ost* nach der sog. Wende) verbuchen; dazu gehören die Anschaffung eines Kleiderschranks und von Jalousien für die Fenster gen Westen sowie Reparaturen an denselben, ein Festnetz-Telefonanschluss und die Verlegung von digitalem TV, wie schon in Köln hauptsächlich für den Empfang von internationalen Fußballspielen.

Berliner Kindheit

Nein, Wilhelmshaven steht nicht an „zu guter Letzt(er)"-Stelle. Denn vor Köln, Zimmerschied und eben WHV gab es Orte in meinem Leben, die mir vertraut waren und mich prägten. Da war *Wetzlar*, mein Geburtsort und meine Heimatstadt bis zum 21. Lebensjahr, unterbrochen von den ersten vier Lebensjahren, die ich in *Berlin* verbrachte – bei meinen Großeltern, die dort lebten, zusammen mit meinem Bruder und meiner Mutter, während mein Vater in Süddeutschland im Lazarett lag und eine schwere Knochenkrankheit (Tuberkulose) im Gipsbett auskurierte – die Folgen seiner Kriegsverletzungen.

Meine Erinnerungen an diese *Berliner Kindheit* rufen immerhin Bilder von zerbombten Straßenzügen in Wilmersdorf und Charlottenburg wach, aufgehellt von Buddelplätzen und den vielen Spaziergängen mit Oma, Opa, Bernd und Mama, die zum bereits wiederhergestellten KaDeWe und zum Wittenberg-platz auf den Wochenmarkt führten. Besonders genoss ich die Gänge mit Opa, der immer bereit war, auf mein Betteln nach *Bonka* (Bonbons) einzugehen: *Opa, kaufst Du wieder Bonka?* Und so schmal sein Budget auch war, für Naschzeug hatte er immer etwas übrig.

Rührend in Erinnerung auch die Geschichte von Bernd und dem Blumenstrauß: Er bekam 50 Pfennige in die Hand und sollte davon ein paar Blümchen zu irgendeinem Geburtstag kaufen; im Laden um die Ecke wurde er fündig mit Löwenmäulchen, einen ganzen Strauß für dieses kleine Geldstück! Stolz kam er nach Hause und präsentierte seinen Deal als eigenen Erfolg für geschicktes Verhandeln mit der Verkäuferin. Diesem netten kleinen Kerl konnte niemand etwas abschlagen, und Löwenmäulchen waren ja auch „nur" Gartenblumen.

Von Bernd wurde auch diese Geschichte immer wieder erzählt: Mit der ersten verfügbaren Straßenkreide malte auch er gerne Bilder auf den Bürgersteig; bezeichnenderweise Häuser, die beim Malen auf dem Kopf standen und die er sich dann betrachtete, indem er auf die andere Seite des Bildes ging; so malte ein Linkshänder, dem man damals noch alles austrieb, was auf diese andere Polung des Gehirns verwies: er musste in der Volksschule mühsam lernen, mit rechts zu schreiben, und zur Unterstützung dieses brachialen Aktes wurde in der Familie darauf geachtet, dass er die Tasse mit der rechten Hand nahm, genau wie die Gabel und beim Grüßen die rechte Hand statt der linken darbot.

Abgesehen davon war diese Berliner Zeit für uns Kinder eine glückliche; die Großeltern kompensierten mit ihrer Liebe, Wärme und Hingabe an uns die Abwesenheit des Vaters; trotz der Enge in ihrer 2 ½-Zimmer-Wohnung in der Augsburger Straße / Hinterhaus, 2. Etage, kamen wir uns überhaupt nicht beengt vor, der *Spielraum* war überall gegeben.

Am liebsten hielt ich mich in Omas Nähe auf. Sie war eine gute und leidenschaftliche Köchin, und ich bekam nicht genug davon, ihr beim Kochen und Backen zuzuschauen und dabei zu naschen; so manche Kniffe habe ich bis heute behalten und wende sie selbst an. Und mein ausgeprägter

Geruchssinn geht wohl auch auf diese frühe Erfahrung zurück. Als in späteren Jahren, nachdem wir nach Wetzlar übergesiedelt waren, Pakete von den Großeltern kamen, und ich voller Neugierde und Spannung mit auspackte, schnupperte ich an den Gaben mit der Bemerkung: *Alles riecht nach Berlin!* Ob der mitgeschickte Kuchen oder der neue Pullover, den Oma für mich gestrickt hatte, für mich war darin der Wohlgeruch einer behüteten Kindheit, der eine Wehmut auslöste, denn ich sehnte mich später oft nach diesen Zeiten zurück. Noch Jahre nach der Trennung von den Großeltern empfingen wir diese Pakete mit Sachen, voller Liebe verpackt, die uns über die Runden halfen: Großmutter verstand es, uns Kinder einzukleiden; sie nähte wie eine gelernte Schneiderin, fertigte Hosen und Jacken an, die aussahen *wie gekauft*, sie strickte unsere Pullover und Socken aus Wolle, die nicht kratzte, weil sie um die empfindliche Kinderseele wusste, die auch auf der Haut sitzt.

Wetzlar

Dann kam *Wetzlar.* Am schwersten von uns fiel es
Bernd, von Berlin, wo er bereits drei Jahre lang zur
Schule ging und Freunde hatte, nach Wetzlar
umzuziehen. Doch es war für die Familie auch so
etwas wie ein neuer Start: Papa war halbwegs
genesen und hatte eine Stelle im Bauamt der Stadt
Wetzlar als Architekt und Stadtplaner eingenommen;
eine Wohnung war gefunden, die Platz für uns Vier
(das Kinderzimmer teilten wir uns selbstverständlich)
und reichlich Spielfläche für Kinder bot – die neue
Siedlung *Im Winkel,* am Stadtrand gelegen, war
familienfreundlich angelegt, und von hier aus war
man im Nu im Grünen. Bernds Umschulung verlief
etwas holprig und für ihn eher beschwerlich, weil in
Hessen schon damals einiges anders war im
Schulsystem als in Berlin, doch mit dem baldigen
Wechsel aufs Gymnasium ebneten sich die Umstel-
lungsprobleme irgendwann ein. Für mich waren die
ersten zwei Wetzlarer Jahre noch reine Freiheit, das
Leben ein Spiel; Kindergarten war nicht angesagt,
auch kann ich mich weder an die Frage des Ob noch
des Wo erinnern, im Umkreis gab es damals so etwas
gar nicht. In der Nachbarschaft waren zwar nur
wenige Mädchen in meinem Alter, aber das reichte,
um eine paar Freundschaften zu schließen. Seltsam-
erweise spielte ich lieber mit Jungs und hing Bernd zu
seinem Leidwesen am Rockzipfel, denn ich fand den
Abenteuergehalt von deren Spiele erheblich reizvoller
als den von typischen Mädchenspielen mit Puppen
und Co. Diese Wetzlarer Kindheit im *Winkel* empfand
ich als gelungene Fortsetzung der Berliner, bis ich
eingeschult wurde. Während für die meisten Alters-

genossen dieser Sprung positiv besetzt war, begann für mich eine Leidenszeit; Tränen flossen allein schon deswegen, weil mir eine Freundin fehlte, die mit mir den langen, langen Schulweg (ca. 3 km, über eine halbe Stunde pro Gang, für Kinderbeine sehr weit) gemeinsam abschritt; ich fühlte mich verlassen und einsam und irgendwie überflüssig – alle anderen schienen sich zugehörig zu fühlen, hatten jemanden zum Freund oder zur Freundin, nur ich war allein. Erst nach einem guten halben Jahr sollte sich das ändern: die kleine Französin Mireille aus der Nachbarsiedlung, wo französische (vorher marokkanische) Besatzungstruppen mit ihren Familien angesiedelt waren, wurde meine Schulfreundin – und dann war für mich die Welt wieder in Ordnung. Schulprobleme hatte ich weiter nicht – bis auf eine Leseschwäche (ansatzweise Legasthenie), die mir höllisch zusetzte: immer wenn ich vorlesen sollte, fing ich an zu stottern, die Buchstaben tänzelten und trudelten durcheinander und ich *las* nicht, *was dasteht*, sondern unsinnige Wörter. Ich fühlte mich am Pranger, bloßgestellt, beschämt und bis auf die Knochen blamiert – zuletzt noch im Konfirmandenunterricht, wo das laute Vorlesen ebenso Usus war wie in der Schule. Eins kam zum anderen: da Lesen ein Horror war, las ich auch – ganz im Unterschied zu meinem Bruder, der leidenschaftlich gerne und viel las – zu Hause so wenig wie möglich, und wo keine Übung ist, da wird auch keine Meisterin gemacht. Die Leseschwäche hielt sich noch weit bis in die Realschule, verloren hat sie sich allmählich auf dem 2. Bildungsweg, ganz überwunden erst im Studium.

Ende der 1950er Jahre bauten meine Eltern ein Haus, das mein Vater als Architekt selbst entworfen hatte.

Es kam uns vor wie ein Palast – obwohl es objektiv „nur" ca. 100 qm aufzuweisen hatte; jeder von uns hatte ein Zimmer, die Heranwachsenden sogar im Untergeschoss ein eigenes kleines Duschbad; es gab einen Garten mit Obstbäumen und Rasenflächen, und die Aussicht ging in den Stoppelberger Wald. Ein Haus wieder im Grünen und in städtischer Randlage, so wie schon die Wohnung im *Winkel*, nur alles freier und großzügiger als vorher. Hier verbrachte ich die Pubertät, ging in die nahe-gelegene Realschule und hatte zwei feste Freundinnen. Vor allem aber hatte ich endlich meinen Hund! Wir wohnten noch kein Vierteljahr hier oben auf dem Berg, und mein ständiges Quengeln führte zum Erfolg: Distel, eine Foxterrier-Hündin, wild und ungestüm, wie es ihre Rasse vorsieht, wurde mein ständiger Begleiter. Na ja, später war es dann doch wohl eher meine Mutter, die mit Distel Gassi ging und für Regelmäßigkeit in der Versorgung sorgte. Spätestens als ich die Anlernzeit als Arzthelferin bei einem Wetzlarer Internisten absolvierte, fehlte mir die Zeit, um mich um die Hündin zu kümmern.

Zwei Jahre zwischen Baum und Borke: Einerseits war ich nicht ganz fehl am Platz in diesem Helferinnen-Job, weil ich gut mit Menschen umgehen konnte und auch fachlich medizinisch interessiert und lernbegierig war; anderseits fühlte ich mich unterfordert und „unter Wert verkauft". Und es war mein Bruder Bernd, der mir den *Zweiten Bildungsweg am Hessenkolleg Wetzlar* schmackhaft machte. Das war der Durchbruch, der viele Folgen zeitigte: Das Abitur, die Liebe, das Studium, Gießen.

Exkurs: Damals war ich froh, aus Wetzlar heraus-
zukommen, am liebsten wollte ich noch viel weiter
weg als nur nach dem nahegelegenen Gießen, um
Abstand zu gewinnen und selbständig zu werden. Erst
sehr viel später sah ich meinen Geburtsort mit
anderen Augen: Nicht mehr die bürgerliche Borniert-
heit, die mich früher einschüchterte, stand nun im
Vordergrund, sondern die Schönheit der Altstadt mit
ihren Gässchen und den vielen, restaurierten Fach-
werkhäusern, z.T. über 300 Jahre alt, und der Lahn
mit ihren historischen Brücken, den einladenden
Plätzen mit Außengastronomie und den kleinen,
hochwertigen Geschäften. Nach dem Tod meiner
Eltern fuhren wir ein bis zweimal im Jahr dorthin, erst
auf den Friedhof, wo meine Familie ein gemeinsames
Urnen-grab hat, dann durch das Sträßchen, wo unser
Haus (seit langem verkauft) steht, und schließlich in
die Altstadt.

Gießen

Abitur, Studium und die Liebe

Joke Frerichs, der einen Lehrgang vor meinem das Hessenkolleg besuchte, war schon dort mein Schwarm; er stach heraus aus der Masse durch glänzende schulische Leistungen, politische Stellungnahmen (etwa im Rahmen von öffentlichen Vorträgen über China im *Stoneage*, einem Schüler- und Studenten-Keller in der Wetzlarer Altstadt) und einfach richtig gutes Aussehen. Intelligenz, politisches Bewusstsein und Schönheit gepaart – das gibt es selten. Wir wurden ein Paar, und er ging ein Studienjahr früher als ich nach Gießen; nach meinem Abitur Mitte 1969 heirateten wir – ein völlig gegen den Zeitgeist der studentischen Bewegung gerichteter Entschluss, darin begründet, dass wir zusammenleben und –wohnen wollten, ohne uns jedesmal legitimieren zu müssen. Aus zeitlichem Abstand betrachtet wäre dies auch ohne Trauschein möglich gewesen, und wir hätten uns viele Kompromisse, die wir mit meinen Eltern schlossen, erspart. Vor allem Jokes freier Entscheidung über sein Studium und seine berufliche Entwicklung (in Richtung Schriftstellerei statt Wissenschaft) wäre dies förderlicher gewesen, statt in die traditionelle Rolle des „Ernährers" gezwungen zu werden.

Im Wintersemester 1969/70 begann auch ich zu studieren: An der sogenannten *AfE* (Abteilung für Erziehungswissenschaften) immatrikulierte ich mich für das Lehramt an Haupt- und Realschulen mit den Fächern Deutsch, Sozialwissenschaften, Pädagogik und Psychologie; auch diese Entscheidung hatte mit meinem Elternhaus zu tun – es war das kürzeste Studium (6 Semester), länger sollten sie nicht für mich aufkommen müssen, sie hatten schließlich schon Bernds Studium (Jura) finanziert. Auch so ein Kompromiss, in dem das Praktische vor der Neigung rangierte. Aber wäre ich für ein Medizin- oder Architekturstudium geeignet gewesen? Ich weiß es bis heute nicht.

Unsere erste Wohnung im Gießener *Sandfeld* war winzig: 27 qm, 2 Zimmer und kleines Duschbad, Hauptsache, jeder hatte seinen Raum für sich (diese Aufteilung haben wir bis heute in jeder Wohnung beibehalten, ein gesondertes, gemeinsames Schlafzimmer hat es bei uns nie gegeben), mein Zimmer war multifunktional (Schreibtisch, Liege, kleiner Esstisch, Stühle, Spüle), der Elektrokocher mit zwei Platten standen im winzigen Flur auf dem Kühlschrank. Es ging alles gut, die Prioritäten lagen erst einmal nicht im Wohnkomfort, sondern in der freien Lebensgestaltung und im Studium, das wir beide sehr ernsthaft betrieben. In der freien Zeit machten wir schon damals Wanderungen durch das Lahntal – das Haus, in dem wir mit vielen anderen Studierenden wohnten, lag wieder am Rande der Stadt, so dass wir gleich im Grünen waren. Abends ging es oft in die Kneipe. Bald wurde die *Jahn-Klause* unsere Stammkneipe; hier verkehrten viele Studenten, aber auch Zocker und halbseidene Zuhältertypen, ein bunt gemischtes Milieu, in dem wir uns wohlfühlten; Fußballgucken am Samstag war Ehrensache; Skatspielen zu lernen wurde eine teure Angelegenheit, weil ich fast immer verlor. Wir hatten auch erste Gäste in der kleinen Wohnung, so der schwule *Rudi* von der Jahn-

Klause oder *Burkart L.*, ein Asket und herausragender Student, den Joke als Studienkollegen hatte. Sogar meine Schwager *Gerhard* und *Hans* haben uns hier besucht.

Nach zwei Jahren zogen wir um in eine 65qm große Wohnung am *Kirchenplatz*; 2 Zimmer, große Küche und Bad (mit Wanne) und Abstellraum – ein Quantensprung, was den Wohnkomfort betrifft. Das war unsere damalige Traumwohnung, auch wenn die Räume hintereinander lagen wie die Eisenbahn-Waggons; jeder hatte wieder sein Zimmer, nur viel größer und heller als vorher, eine richtige schöne Küche, die wir mit Sperrmüll bestückten; Schrank, Tisch und Stühle wurden knallrot angestrichen, so dass alles zusammenpasste und etwas daher machte. Den Boden der Räume hatten wir mit Bastmatten ausgelegt, die hell und wohnlich wirkten. Als Lampen kamen nur Japan-Ballons in Frage, die damals eine Art Kultstatus innehatten. Als Möbel dienten uns ein von Bernd und Freundin geerbtes, selbstgebautes französisches Bett, das in meinem Zimmer stand; Jokes Bett hatte ich aus Schaumstoff-Platten, die ich mit Kunstleder überzogen hatte, gebaut; sein Traum von einem alten Schreibtisch mit tiefen Laden und einem Schaukelstuhl zum Lesen ging hier ebenfalls in Erfüllung – kurzum: es fehlte an nichts, und wir hatten endlich eine eigene Waschmaschine.

Die Lage war phantastisch, das alte *Leibsche Haus* gehörte zur Gießener Altstadt (die leider im Krieg völlig zerstört worden war und nun mit wenigen Ausnahmen aus Bauten der 1950er/60er Jahre bestand), schräg gegenüber befand sich der Wochenmarkt – von dem Götz Eisenberg so eindrücklich im Kontext *Heimat* schreibt, s.o. – wie überhaupt die Infrastruktur alles bot, was wir brauchten (Geschäfte, öffentliche Verkehrsmittel, Kneipen etc.). Wir lagen so günstig, dass nicht selten Studienkolleg:innen mal auf einen Kaffee und ein Schwätzchen zu uns kamen. Um uns herum wohnten ebenfalls viele Studierende, alles war gut sozial durchmischt.

Wir führten ein Leben von großer Intensität: Joke war schnell anerkannt von den besten Studenten in den Fachbereichen wie von den Dozenten und Professoren; er stieg ohne Mühe in die erste Liga auf; obwohl er sich in den Seminaren selten zu Wort meldete, konnte er mit Referaten und Hausarbeiten seine Klasse unter Beweis stellen; er wurde nach kurzer Zeit Tutor am politischen Seminar und besuchte als Neuer die Oberseminare, eigentlich eine elitäre Veranstaltung, doch in den autiautoritären Zeiten war vieles möglich.

Ähnlich ging es mir: recht bald übersprang ich die (unsichtbare) Mauer der AfE und besuchte im germanistischen Seminar der Universität Veranstaltungen, die zu den besten zählten, allen voran die anspruchsvollen Seminare von *Klaus Inderthal*. Da es meine Art war, mich einzumischen und mich bemerkbar zu machen, fiel ich mit passablen bis guten Beiträgen auf. So wurde auch ich bald wissenschaftliche Hilfskraft – nicht an der „kleinen" AfE, sondern an der „richtigen" Universität – was mir nicht nur Bewunderer, sondern auch etliche Neider eintrug. Beide betrieben wir die Studien mit erheblichem Engagement, machten vieles aus freien Stücken, wie etwa die Marx-Studien (Kapital-Lektüre), absolvierten eine Art Doppelstudium: das bürgerliche Wissen mussten wir uns aneignen, um es fundiert kritisieren zu können, hielten Referate, die Eindruck machten, auch gemeinsame (z.B. über *Geschichte und Klassenbewusstsein* von Georg Lukács), waren in Kreisen oder Zirkeln gut verankert, hatten viele wertvolle Kontakte unter den Studierenden wie auch unter Dozenten (*Kraiker, Langerhans, Inderthal, Sandkühler, de la Vega, Schmitz von der Hülst, Schütz* etc.).

Die Verlängerung des Studiums fand in der Kneipe statt – jetzt gingen wir zum Michael in die *Licher Bierstuben*, der die Biere hervorragend zapfte, und an den Tischen wurde heftig diskutiert. Unvergessen unser Zusammentreffen mit *Heinz Langerhans*, mit dem wir uns anfreundeten und hitzige Diskussionen führten, der anfangs meinen Bier-Konsum mit den Worten würdigte: *Donnerwetter, Mädchen, du hältst ja mit!* Das ging so weit, dass wir eines Tages alle, die uns lieb und teuer waren, zu einer Party zu uns einluden; wie wir den Mut dazu aufgebracht hatten, konnten wir später kaum rekonstruieren; wir bewirteten unsere Gäste mit selbstgemachtem Thunfischsalat, Baguettes, Käse und allen möglichen Getränken; Heinz L. fühlte sich ein wenig vorgeführt von uns; die Damen Sandkühler und de la Vega saßen mit spitzen Knien auf dem leicht abfallenden Sofa; man wusste nicht, ob man Musik anstellen oder doch besser diskutieren sollte; alles war etwas steif und peinlich, und wir waren erleichtert, als unsere Gäste nach und nach loszogen.

Es war auch die Zeit des Politischen und der Politisierung – kein Gespräch, keine Diskussion kam ohne politischen Bezug aus. Die Studierenden zerfielen in die verschiedenen Gruppen (vom KBW über SHB bis MSB Spartakus u.a.m.) und stritten fürchterlich. Es gab jede Menge Veranstaltungen zu aktuellen Themen, die immer gut besucht waren. Wer gut im Studium war, wurde angesprochen bis bedrängt, einer dieser Gruppen beizutreten. So ging es auch mir. Während Joke sich erstaunlich immun oder stoisch abgeneigt gegenüber politischer Bindung und Vereinnahmung zeigte, ließ ich mich darauf ein, erst in die sogenannte *IPOG* (Initiative praxisorientierter Germanisten), eine lächerliche Gruppierung, von einem frustrierten Studenten gegründet, der aus dem MSB rausgeflogen war, dann in den MSB einzutreten. Ausschlaggebend waren die Personen; es waren Leute wie *Lilo H.* oder *Michael W.* oder *Otto R.*, die ich bereits von den Seminaren her kannte, die im Studium glänzten, sich kooperativ verhielten und mir glaubwürdig und verlässlich erschienen.

Ich erfuhr diese Mitgliedschaft als zusätzliche Vergemeinschaftung, und sie trug uns erste Zugänge zum *real existierenden Sozialismus* in Gestalt der DDR ein: ich fuhr mit einer kleinen Gruppe in privaten PKWs (wir hatten inzwischen einen alten R 4) nach Leipzig, wo ich u.a. ein Antiquariat aufsuchte, um die komplette Lenin-Ausgabe für einen sehr geringen Preis zu erwerben – mein Mitbring-Geschenk für Joke; der Antiquar fragte mich etwas mitleidig und ungläubig, wie ich denn diese vielen Bände zu transportieren gedenke und bot mir freundlicherweise seinen Handwagen an; damit zog ich dann durch die Stadt, bis ich die Ausgabe in unserem R 4 verstaut bekam; den Wagen brachte ich selbstverständlich sofort zurück. Ein andermal fuhren Joke

und ich zu einer „internationalen Arbeiterkonferenz"
ins Sächsische, wo die Teilnehmer bei Privatleuten
unterkamen, nette, einfache Menschen, sehr gast-
freundlich. Eine Rundfahrt diente dann dazu, uns die
Vorzüge der sozialistischen Landwirtschaft u.a.m. zu
demonstrieren; selbst die Dreckschleudern von
Kraftwerken wurden zu sozialistischen Fortschritts-
projekten umdefiniert. Na ja, da waren viel Schön-
färberei und seltsame Formen der Gläubigkeit im
Spiel.

Und es war eine Zeit der gelebten Freizügigkeit; auf
der Suche nach einem von kleinbürgerlichen Moral-
vorstellungen und Anstandsregeln befreiten Leben
waren auch wir darum bemüht, das Treuegelübte
unserer Beziehung etwas zu lockern und Öffnungen
nicht von vornherein zu unterbinden, sondern
zuzugestehen. Solche Versuche einer offenen Beziehung scheiterten zwar, weil es nie ohne Verletzungen,
Kränkungen und Eifersuchtsattacken zuging, jedoch
waren es auch Erfahrungen für das Leben zu Zweit,
die irgendwie der eigenen Reifung dienten. *Es
wenigstens versucht zu haben*, hatte als Lebens-
erfahrung Bestand.

Abschlüsse und Absprünge: Bremen

Fast sieben Jahre Gießen (1968/69 – 1974), das war eine prägende Zeit. Wir schlossen beide mit Best-noten ab: ich machte mein Erstes Staatsexamen Lehramt, Sekundarstufe I, und begann anschließend, an einer Dissertation über Arbeiter-Autobiografien zu arbeiten; Joke machte seinen Magister Artium, mit einer Mündlichen, in der er durch glanzvolle Argu-mentation Professoren wie den Soziologen Krüger nachhaltig beeindruckte – so etwas wäre promo-tionsreif gewesen, wurde gesagt; wie bereits beim mündlichen Abitur am Hessenkolleg in Wetzlar, ver-stand es Joke hier abermals, aus einer Prüfungs-situation eine Disputation auf hohem wissenschaft-lichem Niveau zu machen.

Berufliche Aussichten an der Universität gab es inzwischen so gut wie keine mehr – die Stellen waren durch die jüngere Professoren- und Assistenten-Generation besetzt. Uns zog es nach *Bremen als neue Wahlheimat* – nicht nur, aber auch, weil es dort eine erst kürzlich gegründete Reform-Universität gab; dort gingen Leute wie der Historiker *Manfred Hahn* und der Philosophie-Professor *HJ Sandkühler* hin, und wir zogen mit oder nach, zumal Joke eine akademische Tutoren-Stelle in Aussicht hatte. Mit zwei Promo-tionsstipendien und diesem Job waren wir finanziell gut ausgestattet. Ein Vorteil von Bremen war zudem, dass es nicht weit war bis *Oldenburg*, wo Jokes Bruder *Klaus* mit seiner Frau *Gabi* und *Kraikers* zu Hause waren; auch nach *Emden* war es von dort aus erheblich kürzer als vorher, was die Familienbesuche erleichterte.

86

Der Umzug in eine geräumige, aber unpraktisch geschnittene Wohnung im *Ostertorviertel*, wo sich bereits etliche Uni-Leute niedergelassen hatten, fand an einem glühend heißen Sommertag im Jahr 1974 statt. Ein Bekannter aus Gießen hatte unseren Krempel auf seinen LKW geladen und nahm dafür nur wenig Geld; eine Firma zu nehmen, kam aus der immer noch eingenommenen Studentenperspektive nicht in Frage, man half sich gegenseitig, und auch wir hatten Bekannte und Verwandte (Schwager Hans, Klaus und Gabi), die uns halfen. Hier leisteten wir uns auch das erste Telefon, zu damaliger Zeit eher noch nicht zur Standard-Ausstattung einer Wohnung gehörend; eine enorme Erleichterung allein schon für den regelmäßigen Kontakt mit den Eltern. Noch ehe wir so richtig „warm" wurden in der Wohnung, durchlitten wir eine Beziehungskrise, mit der Folge, dass wir auseinanderzogen: Joke in ein Altbau-Appartement im angrenzenden Viertel, ich in eine Zweizimmer-Wohnung mit Küche, winzigem Balkon und Duschbad im Ostertorviertel. Diese räumliche Trennung verhalf uns dazu, den Konflikt zu verarbeiten, neu zu beginnen und die guten Arbeitsbedingungen zu nutzen.

Beide fanden wir Gefallen an dieser Wohnorganisation, die man neudeutsch *living apart together* nennt. Jeder konnte nach eigenem Gusto und Bedürfnis den Alltag gestalten, und es entwickelte sich eine neue Spannung in der Beziehung: Wir „besuchten" uns gegenseitig, bewirteten uns wie „Gäste" und schenkten uns die höchste Aufmerksamkeit. Zum Beispiel mit vorzüglich gebratenen „falschen" Steaks von Ali, wo Joke regelmäßig einkaufte; ein Unikum von einem Metzger, bei dem kleinbürgerliche Frauen die Nase rümpften, weil er als „schmuddelig" angesehen wurde. Aus welchem Stück vom Rind Ali unsere Steaks schnitt, wissen wir nicht so genau, sie schmeckten jedenfalls ausgezeichnet und waren wunderbar zart. Wenn Joke sie wieder einmal kaufte, fragte Ali verschmitzt: *Kommt das Fräulein wieder?* Oder: Joke kam zu mir zum Essen; entlang des Ostertorsteinwegs mit den zahlreichen Geschäften holt er im Weinladen eine besonders gute Flasche Rotwein als seinem Beitrag zum Menü.

Das *Ostertor-Viertel* wurde uns rasch vertraut. Es gab gute Kneipen wie etwa den *Memmert*, ein Wirt, bei dem wir sein ausgezeichnet gezapftes *KöPi* genossen und der vielleicht genau daran zugrunde gegangen ist – ungeduldigen Gästen wie etwa den *Misos* (Mittwochssozialisten) dauerte der Zapfvorgang anscheinend zu lange; oder *Eickmeier*, der ebenfalls für seine Zapfkunst berühmt war. Das Viertel lag dicht an den Wall-Anlagen und damit am historischen Zentrum von Bremen sowie an der Weser, deren Ufer reichlich Spazier- und Radfahrmöglichkeiten bot. Es gab auch ungewöhnliche Geschäfte wie etwa der Lebensmittelladen *Holtgrebe,* der Hülsenfrüchte, Kräuter, Gewürze verkaufte und einen hervorragenden mittelalten Gouda hatte, der mit einem feinen Draht geschnitten wurde; die weitere Besonderheit bestand darin, dass der ganze Laden bis zur Decke holzgetäfelt war und zahlreiche Schubfächer für die offen verkauften Waren an den Wänden aufwies – er sah aus wie aus dem vorigen Jahrhundert.[3] Jokes

---

[3] Anlässlich eines späteren Aufenthalts in Bremen 2009 suchten wir noch einmal die vertrauten Stätten und Straßen auf, wo wir damals gewohnt haben. *Im Hohenpfad,* vor „unserem" Haus, saßen junge Leute im Vorgarten und sonnten sich; wir erzählten ihnen, dass wir hier vor 35

Wohnung in der *Achimer Straße* lag zudem dicht am Weserstadion, so dass er es nicht weit zu einem Werder-Heimspiel hatte; zumindest aber stets über den Stand des Spiels informiert war – durch entsprechende Publikumsreaktionen und die Ansage des Stadionsprechers.

Nach und nach überschauten wir die gesamte Stadt und stellten fest, wie ideal sie für uns war: nicht zu klein, nicht zu groß, viel Grün und Wasser. Die Verkehrsverbindungen stimmten und funktionierten, v.a. zur Universität, die weit außerhalb lag, so dass man nicht zwingend ein Auto brauchte. So stellte sich bald ein Rhythmus ein, der die Uni-Arbeit von Joke im Projekt *Alltagsbewusstsein und Klassenbewusstsein* mit der häuslichen Arbeit an der Dissertation und dem Lebenszusammenhang in Einklang brachte.

Einer der ersten Orte, die zur kleinen Heimat wurden, war die Kneipe *Gau bi de Hand* am *Dobben*. Sie war nicht größer als ein Wohnzimmer, hatte nur wenige Tische und Stühle, bestand recht eigentlich nur aus der Theke und war durch und durch *urig*; so musste man erst anklopfen, bevor man eingelassen wurde, die Türe war immer abgeschlossen. Es war der Historiker *Manfred Hahn*, mit dem wir uns hier trafen. Aus Gießener Zeiten kannten wir uns nur vom Hörensagen (wir ihn, nicht umgekehrt); persönlich kennengelernt haben wir uns erst in Bremen. Das *Gau* war seine Stammkneipe, wo er regelmäßig seine Biere trank. M. war der erste, mit dem wir uns anfreundeten. Er hatte bemerkenswerte Eigenschaften: Er liebte es, über die unmöglichsten Dinge zu

Jahren gewohnt hatten – sie staunten nicht schlecht. S. hierzu: Joke Frerichs: Einfach mal drauflosfahren. Episoden vom Reisen, S. 118f.

sprechen, nur nicht über Universität und Wissenschaft, das war tabu am Abend. Er war alles andere als ein Bildungsbürger oder Intellektueller, obwohl er enorm gebildet und Professor für *Geschichte der sozialen Bewegungen* mit dem Spezialgebiet *Frühsozialismus* war. Er ging lieber ins Kino als ins Theater oder Konzert, obwohl er von Musik sehr viel verstand; *Anton von Webern* war sein Lieblingskomponist. Einmal landeten wir nach einem gemeinsamen Kinobesuch im Programm-Kino Oster-tor im *Alten Schuster*, einer Kneipe am Theater, die auch von den Schauspielern gerne besucht wurde; auch Kurt B. war mit von der Partie, den wir aus dem Uni-Zusammenhang kannten und uns gelegentlich einluden oder zusammen etwas unternahmen wie etwa ins Kino gehen; wir diskutierten über den Film und über dies und das, bis ein naturwissenschaft-liches Thema angesprochen wurde; ich suchte nach dem Namen eines „berühmten Mathematikers“, wie ich mich ausdrückte, und meine drei männlichen Begleiter zerbrachen sich die Köpfe: War es Galilei oder wer auch immer genannt wurde – keiner traf den Namen; alle prusteten vor Lachen, als mir selbst endlich *Adam Riese* einfiel; ziemlich peinlich berührt stimmte ich ins kollektive Gelächter ein.

M. blödelte gerne mit uns, weil es immer auch intelligent zuging. Er machte sich lustig über unsere Schwärmerei für *Ernst Busch* und die Brecht-Songs, konterte unser nächtlich geschmettertes *Oh Himmel strahlender Azur* mit dem Lied gleicher Melodie, aber scharfem Takt und bissigem Text von *Bert Brecht*. Er hatte so gut wie kein Verhältnis zur Natur. Einmal luden wir ihn zu einer Picknick-Fahrt ins Teufelsmoor ein, hatten Essen und Trinken im Gepäck und lagerten auf einer Decke. Während wir die freie Natur und das Picknick genossen, schlug M. dauernd um sich und versuchte, *die Viecher* (Mücken) zu vertreiben – viel mehr nahm er nicht wahr, außer der Liebenswürdigkeit, mit der wir ihn zu bewirten versuchten.

Viel lieber war ihm allerdings eine Einladung zu uns nach Hause, vor allem, wenn ich Paella machte. Das Rezept zu diesem Gericht hatte ich in einem spanischen Lebensmittelgeschäft am *Steintor* vom Chef bzw. seiner deswegen angerufenen Frau bekommen, die mir die Zutaten und die Machart diktierten; alles, was ich brauchte, bekam ich hier, inklusive der großen, flachen Pfanne. Es klappte auf Anhieb, und M. war gleich unser erster Gast, diese Köstlichkeit, die allein schon so gut roch, mit uns zu genießen. Seitdem war ich auf Paella spezialisiert, und M. war unser Lieblingsgast. Umgekehrt war auch er ein vorzüglicher Gastgeber. Er liebte das Deftige, wie etwa einen großen Schweineschulterbraten aus der Röhre mit Knödeln und Gemüse/Sauerkraut dazu; unverzichtbar das eiskalte *Jever-Bier* und hinterher einen Aquavit. M. kochte gerne und schon mal für sechs Leute, nichts war ihm zu viel. Doch am liebsten waren wir mit ihm alleine, weil wir die anderen Gäste nicht kannten und/oder mochten.

Es war auch M., mit dem wir zu einem Italiener in der Innenstadt essen gingen. Wir hatten *Giovanni* entdeckt und ausprobiert, bevor wir gemeinsam dort einkehrten. M. konnte sich begeistern und freuen wie ein Kind, wenn es ihm gefiel und schmeckte. So regte er einmal an, zusammen in der *Böttchergasse* ein Lokal aufzusuchen, wo es *Windstärke 9* gibt; wir staunten nicht schlecht, als wir eine Vorspeise kredenzt bekamen, die aus einer Scheibe Toastbrot, einem Matjesfilet, einem Zwiebelring, geschlagener Sahne mit Meerrettich und einem Klecks Preiselbeer- konfitüre bestand; einfach köstlich. Wie oft haben wir uns das später selbst gemacht und jedesmal an M. gedacht.

Er machte uns auch auf die Nachtbar von *Steffi* aufmerksam; auch hier haben wir uns getroffen und uns bis zum Morgengrauen vergnügt. Steffi war eine ältere Bardame mit Stil; blondgefärbt, grell ge- schminkt, gepflegtes Äußeres; sie trank Whisky mit Fruchtsäften, mal Apfel-, mal Trauben-, mal Apriko- sensaft. Wenn M. allein hinging, spielte er gerne irgendein Brettspiel; er hatte auch Anwandlungen eines Eremiten mitten im Trubel des Alltagslebens; das sich Zurückziehen war die Kehrseite seiner Geselligkeit – beides brauchte er als Überlebens- strategie.

Nach unserer Bremer Zeit – wir waren dort nur zwei Jahre, s.u. – verloren wir uns leider aus den Augen. Einmal noch habe ich ihn, als ich in der Nähe von Bremen auf einer Tagung war, besucht. Er wohnte bereits in seinem neu gebauten Haus, hatte viel Platz und nahm mich als seinen Gast auf. Es war aber nicht wie immer, Joke als dritter Mann fehlte, wir waren irgendwie gehemmt und nicht so unbeschwert wie früher. Danach sahen und hörten wir nichts mehr von ihm. Es ist noch nicht lange her, dass wir von seinem Tod erfuhren; er ist nicht sehr alt geworden, vielleicht Mitte 70.

Das Programmkino im Ostertorviertel war für uns eine enorme Bereicherung; so etwas kannten wir aus

Gießen nicht. Hier liefen große Retrospektiven wie zum Beispiel die ganzen alten *Bunuel*-Filme oder die von *Eisenstein*. Das Besondere waren die Filme selbst, dann die ungewöhnlichen Öffnungszeiten, wir bevorzugten die Spät- und Nachtvorstellungen, und schließlich die liberalen Besuchsmöglichkeiten: man konnte rauchen und Alkohol (Wein, Bier) trinken, sich bequem ausstrecken – gottseidank gab es nichts zum Knabbern oder gar Essen wie heute diese Popcorn-Unsitte, die nicht nur vom raschelnden und schmatzenden Geräusch, sondern auch vom Geruch her belästigt, uns jedenfalls.

Neben Manfred H. und Kurt B. waren wir mit einem jüngeren Pärchen befreundet: *Torsten* und *Susanne* M. Joke lernte T. beim Thekenfußball kennen; T. hatte bei Werder in der Regional-Liga als Torwart gespielt und verlängerte seine damalige „Karriere" nun mit Freizeit-Fußball. Er und seine Kumpels aus der Kneipe *Zum Römer* trafen sich regelmäßig, und Joke stieß irgendwann dazu. Auch S. war fußball-begeistert und ziemlich sportlich, ein Kumpel-Typ, fast jungenhaft. Mit diesen jungen Leuten – sie waren damals noch Schüler auf dem Gymnasium – haben wir viel gefeiert, d.h. viel Bier getrunken, gelacht und die Leichtigkeit des Lebens genossen. Der Kontakt zu T. und S. hielt noch einige Jahre nach unserem Wegzug nach *Bielefeld*, sie besuchten uns einmal dort, und wir trafen uns mindestens einmal auf einem der herrlichen *UZ-Pressefeste*. Dann versickerte der Kontakt, bis wir noch einmal in der Kölner Zeit die Initiative zu einer Neuauflage ergriffen. Alle Vier waren wir inzwischen *gemachte Leute*, wie man so sagt: Joke war Geschäftsführer eines sozial-wissenschaftlichen Forschungsinstituts, ich daselbst als wissenschaftliche Angestellte tätig; Torsten hatte nach einem Brauerei-Studium eines in Medizin abgeschlossen und war als niedergelassener Facharzt für Orthopädie und Handchirurgie tätig; Susanne hatte nach dem Abitur und einer Ausbildung als Außen- und Großhandelskauffrau ein Pädagogikstudium absolviert und war im kommunalen Sozialwesen in der Opfer-Täter-Beratung tätig. Sie wohnten seit langem in Berlin-Schöneberg in einer schicken Altbauwohnung von 150 qm, waren wie wir kinderlos und pflegten einen gehobenen, kultivierten Lebensstil (Originale an den Wänden, alles von feinstem Design und edel etc.).

Besuchten wir sie in Berlin, wohnten wir lieber im Hotel (einmal überließen sie uns ihre Wohnung, weil sie auf Reisen waren und wir auf einer Tagung in Berlin weilten), allein schon wegen der Rückzugsmöglichkeit; M.s waren stets perfekte Gastgeber, S. konnte sehr gut kochen; sie zeigten uns einiges von Berlin, das wir nicht kannten, einmal war es Potsdam und das prächtige Schloss, einmal luden sie uns zum Essen auf einem Hausboot ein; wir unternahmen aber auch viel allein, zumal sie beruflich gebunden waren.

Anders war es, wenn sie uns besuchten. Wir hatten immer das Gefühl, sie, die einen riesigen Freundeskreis hatten, klemmten sich die Zeit mit uns in Köln regelrecht ab; sie hatten ja auch immer nur die Wochenenden zur Verfügung, und diese waren stets über Monate im Voraus „ausgebucht". Sie kamen mit dem Flieger, und zusammen mit den Hotelkosten wurde so ein Aufenthalt auch richtig teuer. Obwohl sie zu den Besserverdienenden zählten, schlug das doch zu Buche. Auch waren sie sehr unselbständig und wollten dauernd „geführt" werden. Ihr Interesse an Köln hielt sich sehr in Grenzen, da kam fast der Berliner Hochmut ins Spiel. Wir spürten, das war das falsche Konzept – keiner war zufrieden und glücklich, alles hatte etwas Zwanghaftes an sich. Und so schlief auch die zweite Phase dieser Freundschaft ganz sanft ein.

Ach was, überhaupt nicht sanft, sondern nach einem rauschenden Fest, zu dem sie uns anlässlich ihrer beider Geburtstage (zusammen wurden sie 100) eingeladen hatten. Versammelt hatten sich ca. 80 Leute, die wir alle nicht kannten – Freunde, Verwandte, Bekannte; es wurde fürstlich gespeist und getrunken, getanzt und gelacht, alles okay. Doch dass sich T. und S. mit keinem Wort über unser üppiges Geschenk (ein kunsthandwerklich wertvolles Glasgefäß, den römischen Gläsern nachempfunden, dazu zwei Bücher von Joke) geäußert hatten, auch Wochen nach dem Fest nicht, hat uns gelinde gesagt, verschnupft. Wir dachten über alles nach und kamen zu dem Schluss: Schluss.

Bielefeld

Bremen, unsere Wahlheimat von 1974 bis 1976, verließen wir wehmütig; gerne wären wir hier geblieben, doch es bot sich keine weitere Beschäftigungsmöglichkeit für Joke, es sei denn im Rahmen der gewerkschaftlichen Bildungsarbeit, in die Joke bei der *IG Druck und Papier* involviert war; unsere Stipendien war ausgelaufen. Oder ich hätte mich hier zum Referendariat angemeldet – dafür hätte ich die Promotion abbrechen müssen. Das wollten wir beide nicht, zu viel Arbeit steckte bereits drin, die dann vertan gewesen wäre (abgesehen vom biografischen Knick und Gesichtsverlust). Also ging es nach *Bielefeld*, wo Joke (im Anschluss an ein viermonatiges Praktikum beim DGB in Düsseldorf) eine Projektstelle (nach BAT Ib) an der Universität antreten konnte. Das Projekt mit dem ominösen Titel *Arbeits- und Lebensbedingungen von Arbeitnehmern als Gegenstand der Hochschulforschung*, das die Professoren *Karl Krahn* und *Siegfried Katterle* akquiriert hatten, war mit 5 Wissenschaftler-Stellen plus Hilfskräften und Verwaltung gut ausgestattet und bot Beschäftigung für mehr als zwei Jahre.

Die Stadt am Rande des *Teutoburger Waldes* lud – nach der Bremer Zeit – nicht gerade dazu ein, ein Heimat-Ort zu werden. Doch es gab auch hier Anziehungspunkte und Erfahrungen, die von Vertrautheit und Wohlbehagen zeugten. Allen voran unsere Wohnung. Es war Joke gelungen, eine Altbauwohnung am *Klosterplatz* in der Altstadt zu mieten, die unserer damaligen Vorstellung von Traumwohnung sehr nahe kam: ein riesiges Wohnzimmer, je ein

Raum für uns, eine große Küche, Bad und WC sowie ein außerhalb der Wohnung gelegenes Gästezimmer gleich nebenan; alles im toprenovierten Zustand, lindgrüner Teppichboden, weiße Wände. Sie war herrlich verwinkelt und mit Durchgängen versehen, so dass man von Raum zu Raum wandeln konnte, als ginge man im Kreis herum. Ein langer Flur. Platz ohne Ende für unsere Bücher und Bilder: Wir hängten damals unsere Gesinnung in Gestalt von s/w-Fotos und Reproduktionen in schwarz angestrichenen Alt-Rahmen vom Flohmarkt an die Wände: Benjamin, Trotzki, Marx, Heinrich Vogeler u.a.m. Das sah sehr dekorativ aus.

In diesem Ambiente schrieb ich – mit der Schreib-maschine auf dem großen Esstisch im Wohnraum – meine Dissertation, Morgen für Morgen, Tag für Tag. Eine einsame Veranstaltung, isoliert wie im Kloster. Joke war an der Universität, ich musste die Zeit nutzen und unter Aufbietung aller Energie und Disziplin mein Pensum schaffen – und habe es geschafft: Exakt nach zwei Jahren war die Arbeit von über 600 Seiten fertig geschrieben; Mitte 1979 war das Rigorosum in Gießen. Und ich zog von Bielefeld nach Köln um, wo Joke bereits ein halbes Jahr wohnte und arbeitete.

Die Bielefelder Projektarbeit hatte Joke in starkem Maße absorbiert, auch an manchen Wochenenden, so dass nicht viel Freizeit übrig blieb. Doch wenn, dann machten wir Spaziergänge auf den Hügeln des Teutoburger Waldes, der sich direkt an der Altstadt entlang zog. Der Entspannung dienten auch abend-liches Ausgehen: gerne in den *Roten Oktober*, eine Studentenkneipe, in der man gut Pizza essen konnte und Wein trinken. Der ostwestfälische Kontext lud öfter auch zum Biergenuss bei den drei alten Geschwistern in der *Stapenhorststraße* ein; Biere zapfen, das konnten auch sie vorzüglich; ansonsten stritten sie miteinander. Wenn wir zu lange blieben, hieß es dann: *Habt ihr keine Betten zu Hause?*

Bielefeld hatte einen schönen Wochenmarkt, auf den ich gerne ging. Hier lernte ich typische westfälische Spezialitäten kennen: Pickert zum Beispiel, der aus geriebenen Kartoffeln und Hefeteig mit Rosinen gemacht und in der Pfanne gebraten wurde. Oder Schnippelschinken, den ich hier erstmals sah und kaufte. Wie so viele Märkte war auch dieser mit den bunten Blumen, Obst- und Gemüseständen eine Augenweide und ein sinnliches Vergnügen – ein guter Ausgleich zur häuslichen Arbeitssituation, wie eine Belohnung.

In diesen zwei Jahren hatten wir sehr viel Besuch, oft mit Übernachtungen. Zum einen waren dies Freunde, Bekannte und Verwandte, zum anderen Leute aus Jokes Projektzusammenhang. So wohnte der erste Projektleiter mehrmals bei uns, bevor er mit seiner Familie nach Bielefeld zog. Oder Leute von der *Hans Böckler-Stiftung*, wenn eine Projekttagung stattfand u.ä. Wenn es sich um eine Person handelte, war das überhaupt kein Problem, schließlich hatten wir den Luxus eines Gästezimmers. Auch an Feste kann ich mich erinnern; wir luden öfters zu einer Party ein, kochten etwas oder es gab kalte Platte – das gesamte Projekt war bei uns, und sie kamen glaube ich gerne.

Der größte Reinfall passierte an Silvester 1978/79; wir hatte bundesweit unsere besten Freunde und

Freundinnen eingeladen, alle, die uns schon lange begleiteten und uns etwas bedeuteten; es herrschte ein sehr strenger Winter mit gewaltigem Frost und jeder Menge Schnee, und ausgerechnet am Silvestertag schneite es nochmals erheblich, so dass im Nu sich Schneeberge auftürmten – mit der Folge, dass der gesamte Schienenverkehr zusammengebrochen war und ganze Autobahnstrecken gesperrt wurden. Eine Absage nach der anderen erreichte uns telefonisch – höhere Gewalt war angesagt. Von mehr als zwanzig Leuten waren einzig *Chiou*, zudem noch hoch schwanger, und *Norbert T.* gekommen. Wir Vier machten das Beste draus, jedenfalls versuchten wir es. Die ganze Fete war buchstäblich im Eimer – Berge von frischen Salaten und Sachen mussten weggeworfen werden; für die reservierten Hotelzimmer war ein Abstand zu leisten usw. Irgendwann war die ganze Sache verschmerzt, und wir konnten, wenn wir uns daran erinnerten, nur noch darüber lachen.

Dieses Fest war auch gedacht als Jokes Abschied vom Bielefelder Projekt, denn er wechselte zum 1. Januar 1979 nach Köln, um die Stelle als Geschäftsführer am *Institut zur Erforschung sozialer Chancen* anzutreten, dessen Leiter *Karl Krahn* geworden war. Hier schließt sich der Kreis – zurück zum Anfang: mit Köln als angestammtem Ort, Heimat eben.

Nachwort

Das Thema *Heimat* ist in letzter Zeit in der Diskussion, vielleicht gerade, weil wir in einer globalisierten Welt leben, weil Kriege und Krisen die Menschen zur Massenflucht aus ihrer Heimat treiben. Als erstes sei noch einmal, wie eingangs schon, auf die zwei Bücher von *Götz Eisenberg* hingewiesen, Untertitel *Zur Sozialpsychologie des entfesselten Kapitalismus*, wo sich der Autor im ersten Band (*Zwischen Amok und Alzheimer*) mit dem Heimatbegriff auseinandersetzt und von seinen Erfahrungen berichtet.

In seinem Essay *Heimat hat viele Häfen* stellt *Jörg Magenau* im *Freitag* (Nr. 15 vom 13.04.2017) mehrere neuerschienene Bücher zu diesem Thema vor; auf Basis dieses Informationsstandes stellt er auch Reflexionen zum Heimatbegriff und dessen wandelnde Bedeutung an, aus denen ich zum Abschluss zitieren möchte:

Heimat ist, wie andere Rohstoffe auch, zu einem knappen Gut geworden, um das weltweite Verteilungskämpfe stattfinden. Wie viele Fremde verträgt sie denn, und was wird dann aus ihr? Das amerikanische 'Heimatschutzministerium' macht schon im Titel klar, worum es geht: um militärische Verteidigung. Heimat erscheint da als mittelalterliche Burg, die mit Mauern, Pech und Schwefel gegen den Andrang von außen zu schützen ist.
Dabei ist das, was verteidigt werden soll, schon längst verloren. Die Sehnsucht nach Idylle und Abgeschiedenheit stammt noch aus der dörflichen Welt des 18. Jahrhunderts, als schon im Nachbarort die Fremde begann. Seither hat der Begriff mitsamt seinen

politischen Implikationen vielfältige Wandlungen durchlaufen. Er ist nicht nur zwischen rechts und links umkämpft, sondern besetzt auch die Grenze zwischen Gefühl und Vernunft, zwischen Innenwelt und Gesellschaft, Religion und Aufklärung, die Nahtstelle zwischen Innen und Außen, zwischen Weltoffenheit und Abschottung. Wer Heimat sagt, zieht irgendwo eine Grenze. Genau da werden die Schlachten der modernen Welt geschlagen.

In den von Magenau vorgestellten Büchern geht es um die *Vertreibung aus dem Paradies*, die *Tragik des Exils* und die *gelebte Vielfalt* in modernen Großstädten, Erfahrungen, die nur diesen Schluss zulassen: *Heimat ist ein Wort im Plural geworden.*

Dafür stehen auch unsere von mir beschriebenen Erfahrungen in den verschiedenen *Heimaten* in Köln, Zimmerschied, Wilhelmshaven, Wetzlar, Berlin, Gießen, Bremen und Bielefeld. Hierüber hat auch Joke ein Buch geschrieben, in welchem er allerdings anderen Aspekten als den von mir hier verfolgten nachgeht: *Ortswechsel. Orte – Umgebungen – Wohnungen, 2023.*

Angaben zur Autorin

Petra Frerichs, geb. 1947 in Wetzlar; Abitur 1969 auf dem Zweiten Bildungsweg am Hessenkolleg Wetzlar; Studium an der Justus-Liebig-Universität in Gießen in den Fächer Deutsch/Literaturwissenschaft und Sozialwissenschaften, Promotion zur Dr. phil. 1979; seit 1969 verheiratet mit Joke Frerichs; berufliche motivierte Standortwechsel: Gießen, Bremen, Bielefeld, Köln; langjährige Tätigkeit am Institut zur Erforschung sozialer Chancen in Köln; zahlreiche Veröffentlichungen, u.a.: „Fraueninteressen im Betrieb. Arbeitssituation und Interessenvertretung von Arbeiterinnen und weiblichen Angestellten im Zeichen Neuer Technologien" (zus. mit Margareta Steinrücke und Martina Morschhäuser, 1989); „Soziale Ungleichheit und Geschlechterverhältnisse" (Hrsg. zus. mit M. Steinrücke, 1993); „Klasse und Geschlecht1. Arbeit, Macht, Anerkennung, Interessen" (1997); „Klasse und Geschlecht als Kategorien sozialer Ungleichheit", Kölner Zeitschrift für Soziologie und Sozialpsychologie Heft 1, Jg. 52, (2000); „Ich gebe, damit du gibst. Frauennetzwerke" (zus. mit Heike Wiemert, 2002).
Seit 2005 Literaturvermittlerin in freier Tätigkeit; Veröffentlichungen: „Momentaufnahmen. Notizen über Literatur, Malerei, Film" (2010); „Vom Glück zu finden. In Schrift, Form, Farbe" (2016); „Texte und Kontexte. Ein Lesebuch" (2023); zusammen mit Joke Frerichs: „Lesespuren. Notizen zur Literatur" (2011); „Leben braucht keine Begründung. Zum literarischen Werk von Dieter Wellershoff" (2012); „Literarische Entdeckungen. Vergessene und neu gelesene Texte" (2012, 2. Aufl. 2018); „Mit Bildern erzählt – Gemälde

und Zeichnungen von Klaus Frerichs" (2013); „Leben und Schreiben – was sonst? Ein Streifzug durch die Werkausgabe von Dieter Wellershoff" (2014); „Das Mysterium der Suche" (2014); „Dieter Wellershoff. Eine Begegnung der besonderen Art" (2019). Zahlreiche Veröffentlichungen im *Blog der Republik*.